卷二

韻目

[一] 明州本、毛鈔、錢鈔注「晡」字作「晡」。陸校、錢恂校同。馬校：「『晡』局誤『晡』。」姚校：「宋本『晡』作『晡』。韓校同。」

[二] 明州本、錢鈔注「倫」字作「倫」。龐鸿書校、錢校同。潭州本、金州本作「倫」。毛鈔「亻」旁白塗作「亻」。

[三] 明州本、潭州本、金州本、毛鈔、錢鈔「魂」字作「寬」。顧校、馬校、龐校、錢校同。姚校：「影宋本『魂』作『寬』。」

[四] 明州本、毛鈔、錢鈔「删」字作「删」。龐校、錢校同。姚校：「宋本『删』作『删』。」

十虞

[一] 明州本、钱钞注「驉」字作「䮔」。錢校同。潭州本、金州本作「驉」。

[二] 明州本、潭州本、金州本、毛鈔、钱钞注「鵴」字作「鵴」。方校：「案：『鵴』譌『鵴』。據宋本及《尔雅・釋鳥》音義正。」馬校：「『鵴』，局誤『鵴』。」姚校：「宋本作『鵴』，从皿。韓校同。」

[三] 明州本、錢鈔注「麕牪」作「虞壯」。姚校、錢校同。按：潭州本、金州本、毛鈔作「麕牪」，與《爾雅・釋獸》同，當是。

[四] 方校：「案：卷一《南山經》『鴅』作『顒』，音娛。此本《玉篇》。」

[五] 明州本、潭州本、金州本、毛鈔、錢鈔注「已」字作「巳」。方校：「『已』當从宋本作『巳』。」又余校：「『禺』作『禺』。」

[六] 方校：「案：『巽』當作『冀』。『陽』，小徐本及今《尚書》作『暘』，此从大徐。」按：明州本、錢鈔注「巽」字作「巽」。顧校、陸校、錢校同。

[七] 明州本、錢鈔注「嵎」字作「㷒」。龐校、錢校同。姚校：「宋本『嵎』作『㷒』，从火。」按：潭州本、金州本作「嵎」，與《尚書・堯典》作「嵎」同。

[八] 方校：「案：『陬』譌『阺』。據二徐本正。」按：明州本、潭州本、金州本、毛鈔、錢鈔注「阺」字正作「陬」。龐校、錢校同。馬校：「局誤『阺』。」姚校：「宋本『阺』作『陬』，从又。」

[九] 明州本、毛鈔、錢鈔注「膊」字作「膊」。龐校、錢校同。

[一〇] 明州本、潭州本、金州本、毛鈔、錢鈔注「煮」字作「煑」。馬校：「『煑』局作『煮』。」

[一一] 明州本、潭州本、金州本、毛鈔、錢鈔注「錍」字作「鉀」。

[一二] 方校：「案：《说文》：『岊，高山之節也。从山卩。』小徐本有『讀若隅』三字。」姚校：「段云：『岊不當收在《虞韻》虞紐下，讀若元俱切。』」李校：「貽案：本書『𡵂』或作『岊』，然不得云山卩矣。山卩即『岊』字。第『岊』字稽之字典有子結一切，則此處誤舛。」

[一三] 明州本、潭州本、金州本、毛鈔、錢鈔注「傅」字作「博」。龐校、錢校同。方校：「案：此見《廣雅・釋言》，『傅』當从宋本作『博』。」姚校：「宋本『傅』作『博』。余校、韓校同。」

[一四] 方校：「案：『亏』譌『丂』，『气』譌『氣』，『从丂』下奪『从一』二字，『平』下奪『之』字，據《说文》改補。」

[一五] 方校：「案：『曰』譌『由』，宋本并譌『白』。據《爾雅・釋詁》及《漢書・揚雄傳上》集注正。」馬校：「『曰』，局誤『由』。」按：明州本、潭州本、金州本、錢鈔注「由」字作「曰」。陸校、龐校、錢校同。毛鈔白塗改作「白」。姚校：「宋本『由』作『曰』，是。韓校作『白』。」

[一六] 方校：「案：《類篇》『窓』作『窗』。」馬校同。按：《玉篇・宀部》：「迬，禹俱切，窓迬也。」《廣韻》：「迬，窓迬，牀也。」諸書無訓「迬」爲窓者，此「窓」字下脱「迬」字。

[一七]　方校：「案：『靻』譌『靼』，據《説文》正。後匃于切同。」姚校：「段云：『靼宜作靻。』余校『靼』作『靻』，从旦。」陸校、錢校同。

[一八]　明州本、錢鈔「甹」字作「粤」。錢校同。姚校：「宋本作『粤』，余校作『粤』，皆从亻，是。」

[一九]　方校：「案：『韭』譌从艸，據《廣韻》、《類篇》正。」按：明州本、潭州本、金州本、毛鈔、錢鈔「韮」字正作「韭」。韓校、陸校、龐校、錢校同。姚校：「影宋本『韮』作『韭』，是。」

[二〇]　明州本、金州本、錢鈔注「匃」字作「匃」。潭州本作「匃」。

[二一]　方校：「案：小徐作『衮』，大徐作『衭』，『衭』、『衦』古今字。」

[二二]　方校：「案：《釋親》『骬』作『骬』，『缺』作『缺』，『肻』作『鬲』。」姚校：「余校『肻』作『骨』。呂云：『《廣雅》肻元作骨』。」

[二三]　明州本、毛鈔、錢鈔「謣」字作「謣」。龐校同。

[二四]　方校：「案：『匃』當从《類篇》作『匃』。」按：明州本、金州本、毛鈔、錢鈔注「匃」字正作「匃」。潭州本作「匃」。

[二五]　方校：「案：『䔢』當从二徐本作『䔢』。」按：明州本、錢鈔注「䔢」字作「蕃」。姚校：「宋本『䔢』作『蕃』，是。影宋本同。余校、韓校作『䔢』。」丁校據《説文》作「䔢」。馬校：「『蕃』即『䔢』之俗。局作『䔢』，不成字。」

[二六]　曹本注「言」字是空格。明州本、潭州本、金州本、毛鈔、錢鈔「言」字作「信」。錢校同。汪校「言」字加「人」。方校：「案：空處是『信』字，據宋本及《説文》補。」馬校：「『信』局誤『言』，《類篇》作『信』。」

[二七]　明州本、毛鈔、錢鈔注「驚」字作「驚」。避宋諱缺筆。

[二八]　明州本、錢鈔注「瞜」字作「膢」。龐校、錢校同。姚校：「宋本『瞜』作『膢』，从月。」按：潭州本作「瞜」，从目。毛鈔白塗改作「瞜」。金州本漫漶，似从目。

[二九]　方校：「案：『欨欨』即《詩・鄭風・溱洧》『洵訏』之異文。『樂』下奪『也』字，據《類篇》增。」按：明州本、毛鈔、錢鈔注「樂」字下正有「也」字。陸校、錢校同。姚校：「宋本有『也』字。韓校同。」

[三〇]　明州本、錢鈔注「盱」字作「盱」。龐校、錢校同。姚校：「宋本作『盱』，从目。」

[三一]　方校：「案：『瞁』譌从目，據《説文》正。」按：明州本、毛鈔、錢鈔「瞁」字正作「瞁」。陸校、龐校、錢校同。馬校：「『瞁』，局誤从目。」姚校：「宋本『瞁』从耳，是。」

[三二]　明州本、潭州本、金州本、毛鈔、錢鈔「㝢」字作「㝢」。方校、龐校、錢校同。汪校改「勹」。姚校：「宋本作『㝢』。韓校同。」

[三三]　金州本注「袑」字作「袑」，誤。明州本、潭州本、毛鈔、錢鈔作「袑」，不誤。

[三四]　毛鈔注「靼」字作「靻」。錢校同。姚校：「宋本作『靻』。韓校同。」按：余校亦作「靻」。

[三五]　姚校：「余校作『甹』。」方校：「案：『甹』係六篇部首，二徐同。無『粤』字，當刪。」

[三六]　明州本、潭州本、毛鈔注「軏」字作「軌」。龐校、錢校同。姚校：「宋本『軏』作『軌』，从九，是。余校、韓校皆同。」按：金州本、錢鈔注作「軏」。

[三七]　注「名」字，衛校作「縣」。丁校據《漢書・地理志》改作「縣」。

[三八]　方校：「案：《類篇》『與』作『興』。」按：明州本、金州本、錢校注「與」字正作「興」。龐校、錢校同。姚校：「宋本『與』作『興』。」

[三九]　明州本、錢鈔注「煆」字作「煆」。龐校、錢校同。姚校：「宋本『煆』作『煆』。」按：《方言》第七字作「煆」。

[四〇]　姚校：「呂云：『《廣韻》作盱，併入上盱注下。』」

[四一]　明州本、潭州本、金州本、毛鈔、錢鈔注「盱」字作「盱」。顧校、陳校、陸校、龐校、錢校同。姚校：「宋本『盱』作『盱』，从目，是。影宋本、韓校皆同。」馬校：「局作『肝』，與大字複。」

[四二]　明州本、毛鈔、錢鈔「乾」字作「乾」。錢校同。

[四三]　方校：「案：『臬』譌『臬』，據《類篇》正。」某氏曰：「字書無『臬』字。」

[四四]　方校：「案：《爾雅・釋器》『王』作『玉』。」按：明州本、潭州本、金州本、錢鈔注「王」字作「玉」。汪校、陸校、龐校、錢

校同。姚校：「宋本『王』作『玉』。鈕校、韓校皆同。吕云：『宜作田。』覲元案：吕説爲長。」謹按：似當以諸本作「玉」爲是。

［四五］明州本、潭州本、金州本、毛鈔、錢鈔注「斂」字作「斂」。龐校、錢校同。姚校：「宋本『斂』作『斂』，从攴，是。影宋本同。」

［四六］方校：「案：《類篇》同。《廣韻》下『嘔』字作『隅』。」

［四七］段校：「『鰕』下脱『無』字。」方校：「案：《類篇》同。《说文》『如』作『似』，『足』上有『無』字。」馬校：「『名』字衍，『足』上當脱『無』字，宋本亦誤。」陳校：「《说文》『鰕』下多一『無』字。」陸校同。

［四八］明州本、潭州本、金州本、毛鈔、錢鈔注「遼」字作「遼」。龐校、錢校同。馬校：「『遼』，局作『遼』，俗。」姚校：「宋本『遼』作『遼』。」

［四九］方校：「案：《爾雅·釋魚》郭注『婢』上有『魚』字。」

［五〇］明州本、毛鈔、錢鈔注「蕍」字作「蕍」。龐校、錢校同。方校：「案：『蕍』當从宋本作『蕍』。『異荂蓲蕍』，見左思《吴都賦》。」姚校：「宋本『蕍』作『蕍』，从甚。韓校同。」

［五一］方校：「案：《類篇》同。《韻會》『䊫』作『挐』，非。」

［五二］明州本、毛鈔、錢鈔注「二」字作「三」。龐校、錢校同。馬校：「局誤『二十三』。」

［五三］明州本、毛鈔、錢鈔「放」作「於」，「桴」作「捊」。龐校、錢校同。方校：「案：『於』譌『放』，『捊』譌『桴』。據宋本及《说文》、《類篇》正。」馬校：「『於』局誤『放』。『捊』局誤从木。」姚校：「宋本作『於』。余校、韓校皆同。又『桴』从扌。影宋本同。」

［五四］明州本、金州本、毛鈔、錢鈔「䢸」字作「郰」，注同；又注「扌」作「抯」。汪校、龐校、錢校同。方校：「案：『郰』缺『阝』，『抯』缺『邑』。據宋本及《说文》、《廣韻》、《類篇》補。」馬校：「『抯』局誤『扌』，脱去『邑』旁；『郰』亦脱去『阝』旁。《小雅·賓之初筵》『賓載手仇』鄭箋：『仇讀曰郰。』釋文：『仇，鄭讀爲斞，音俱，謂抯取酒。』『郰』乃俗字，踵《廣韻》之譌。」姚校：「宋本『䢸』作『郰』，『扌』作『抯』。影宋本、余校、韓校同。」

［五五］方校：「案：『齊魯之蚼』等字皆斷爛不全，據《方言》十一及《類篇》補。」按：方氏所據曹本如此，顧氏重修本已補。

［五六］方校：「案：《類篇》同。二徐本『邪』作『衺』。」

［五七］方校：「案：『㯷』譌『棗』，『芣』譌『菜』，據《说文》正。『芣』見六篇《木部》，兩刃臿也。『臿』，从干、从臼。此上从千，亦誤。」按：明州本、毛鈔、錢鈔注「菜」字正作「芣」。龐校、錢校同。陳校：「『芣』音華，从木，丫象形，『鏵』本字。」馬校：「『芣』局誤『菜』。」姚校：「宋本『菜』作『芣』，是。影宋本、余校、韓校皆同。影宋本『棗』又改『㯷』。覲元案：『棗』字今本已正。」

［五八］潭州本、金州本「救」字作「救」，無點。汪校去點。疑誤。

［五九］明州本、金州本、毛鈔、錢鈔注「日」字作「省」。汪校、龐校、錢校同。方校：「案：『省』譌『日』，據宋本正。」姚校：「宋本『日』作『省』，是。韓校同。吕云：『日疑是作求二字，或是省字。』」按：「作求」雖可通，但不如作「省」有版本依據。潭州本作「目」，當是「省」之壞字。

［六〇］方校：「案：『搏』譌『博』，據《類篇》正。」按：明州本、潭州本、金州本、毛鈔、錢鈔注「博」字正作「搏」。段校、陸校、龐校、錢校同。馬校：「甲戌重刊局本作『博』，誤。」姚校：「宋本『博』作『搏』。韓校同。」

［六一］方校：「案：『簍』譌从艸，據《廣雅·釋器上》正。」

［六二］明州本、潭州本、金州本、毛鈔、錢鈔「袧」字作「袧」。段校、陸校、龐校、錢校同。方校：「案：『袧』譌从衣，據宋本及《類篇》正，注文不誤。」馬校：「局誤『袧』，注作『袧』不誤。」姚校：「宋本作『袧』，从示，是。」

［六三］明州本、金州本、毛鈔、錢鈔「隹」字作「臞」。余校、龐校、錢校同。方校：「案：『臞』譌『隹』。據宋本及《類篇》正。注『少肉』《類篇》作『肉少』，與許書異。」某氏曰：「此係傳録之譌。」馬校：「局誤『隹』。『隹』乃『臞』字之誤，『隹』不得音權俱切。」姚校：「宋本『隹』作『臞』，是。鈕校、韓校皆同。」

［六四］姚校：「吕云：『挺宜从肉。』」

[六五]　李校：「『屨』下增『之』字。」

[六六]　方校：「案：汪氏云：『此見《周官·屨人》注，《漢讀攷》謂當依《爾雅·釋器》釋文拘作救，此則丁度見本已誤。』珪案：《爾雅》作『救』，鄭注不妨作『拘』。《士冠禮》『元端黑屨，青約繶純』，鄭注亦云『約之言拘也，以爲行戒』。邵氏《爾雅正義》云：『約讀若鳩。釋文引施音苦侯反，故謂之救。又引謝音其俱反，故鄭注作謂之拘。皆以聲爲義，聲又轉相通也。』是丁氏等所見非誤本，《漢讀攷》之說不必泥。」

[六七]　明州本、錢鈔注「戟」字作「戟」。龐校同。

[六八]　方校：「案：『褥』譌『蓐』，『氍』譌『毹』，據《太平御覽》卷七百八引《通俗文》正。」姚校：「段云：『毹當作氍。』」陸校同。

[六九]　方校：「案：『冤』譌从宀，『濟陰』譌『齊陽』，據《漢書·地理志》正。」衛校作「濟陰」。馬校：「『濟』局誤『齊』。」按：明州本、金州本、毛鈔、錢鈔注「齊」字正作「濟」。龐校、錢校同。潭州本此字脱爛。

[七〇]　明州本、毛鈔、錢鈔注「稂」字作「粈」。汪校、龐校、錢校同。方校：「案：『粈』譌『稂』，據宋本及《類篇》正。」馬校：「局作『稂』，不成字。」姚校：「宋本『稂』作『粈』，是。」余校、韓校皆同。吕云：「『稂宜作粈。』」

[七一]　明州本、錢鈔注「白」字作「台」，似誤。潭州本、金州本作「白」。毛鈔「台」塗改「白」。

[七二]　陳校：「『狗』，《爾雅》、《廣韻》並作『㺃』。」方校：「案：『㺃』譌从豕。《類篇》同。據《釋畜》正。」某氏曰：「汪云：『《爾雅》作㺃。釋文：舍人本作狗。』」

[七三]　方校：「案：宋本無『曰』字。」明州本、毛鈔、錢鈔無注中「曰」字。龐校、錢校同。馬校：「『狗』上局有『曰』字，誤衍。」姚校：「宋本無『曰』字，是。韓校同。」按：潭州本、金州本有「曰」字，字略小，似是後人所加。

[七四]　方校：「案：《說文》『鼅』作『䵹』。」

[七五]　方校：「案：《說文》注『遼』譌『遠』，今正。」按：明州本、毛鈔、錢鈔注「遠」字正作「遼」。龐校、錢校同。姚校：「宋本『遠』作『遼』，是。」

[七六]　明州本、毛鈔、錢鈔注「蚍」字作「蚼」。龐校、錢校同。姚校：「宋本『蚍』作『蚼』。」按：潭州本、金州本作「蚍」，作「蚼」誤。

[七七]　明州本、毛鈔、錢鈔注「原」字作「驫」，「踊」作「蛹」。龐校、錢校同。方校：「案：『驫』譌『原』，『蛹』譌『踊』，據宋本及《類篇》正。」姚校：「宋本『原』作『驫』。」韓校「原」作「驫」。又衛校「踊」作「蛹」。陳校：「从虫。」

[七八]　方校：「案：『螋』當作『螋』。《類篇》作『螋』，亦誤。」

[七九]　毛鈔注「麥」字作「麦」，下文均同。段校、龐校、錢校同。

[八〇]　明州本、潭州本、金州本、毛鈔、錢鈔注「正」字作「王」。汪校、龐校、錢校同。方校：「案：『王』譌『正』，據宋本及《類篇》正。」馬校：「『王』，局誤『正』。」姚校：「宋本『正』作『王』。韓校同。」

[八一]　方校：「案：《類篇》『恐』作『怖』。」按：明州本、金州本、毛鈔、錢鈔注「恐」字正作「怖」。錢校同。馬校：「『怖』，局誤『恐』。」姚校：「宋本『恐』作『怖』。韓校同。」

[八二]　明州本、毛鈔、錢鈔注「于」字作「干」。汪校、陸校、龐校、錢校同。方校：「案：『干』譌『于』，據宋本及《晉書》正。」姚校：「宋本『于』作『干』，是。影宋本、鈕校、韓校皆同。」

[八三]　方校：「案：『粖』當依《類篇》从米作『粖』。」按：明州本、潭州本、金州本、毛鈔、錢鈔「粖」字正作「粖」。韓校、龐校、錢校同。姚校：「宋本『粖』作『粖』，从米。」

[八四]　明州本、潭州本、金州本、毛鈔、錢鈔注「檜」字作「穭」。龐校、錢校同。方校：「案：『穭』譌从木，據宋本及《說文》正。」姚校：「吕云：『檜宜从禾。』」

[八五]　明州本、毛鈔、錢鈔注「穳」字作「穳」。

[八六]　明州本、潭州本、金州本、毛鈔、錢鈔注「卵」字作「夘」。

[八七]　明州本、潭州本、金州本、毛鈔、錢鈔注「鏘」字作「鍇」。陸校、龐校、錢校同。方校：「案：『鍇』譌『鏘』，據宋本及《類篇》正。」姚校：「宋本『鏘』作『鍇』。余校、韓校同。」

［八八］方校：「案：『哷』譌从『卩』，據《類篇》正，注文亦可證。」按：明州本、潭州本、金州本、毛鈔、錢鈔「哷」正作「哷」。錢校同。姚校：「宋本『哷』作『哷』，从卪，是。影宋本同。」

［八九］明州本、毛鈔、錢鈔注「齵」字作「聑」。龐校、錢校同。方校：「案：成公三年《左傳》同。段氏从宋本及《類篇》『齵』作『聑』。」姚校：「宋本『齵』作『聑』，从耳。韓校同。」

［九〇］顧校：「『鴮』疑『鳺』。」按：明州本、潭州本、金州本、毛鈔、錢鈔「鴮䳭」作「鳺䳭」。龐校、錢校同。方校：「案：『鳺䳭』譌『鴮䳭』，據宋本及《爾雅·釋鳥》正。」姚校：「宋本『鴮䳭』作『鳺䳭』。韓校同。鈕云：『鴮作鳺。』呂云：『鴮同雉，非鵃鳩也。乃鳺之誤。《爾雅》：佳其，鳺䳭。音義云：鳺䳭本亦作夫不。夫不，楚鳩也。據此，則䳭亦宜改䳭，或䳭是別體，亦未可定。』」

［九一］明州本、潭州本、金州本、毛鈔、錢鈔注「也」字作「色」。龐校、錢校同。姚校：「宋本『也』作『色』。」按：作「色」與《類篇·女部》同。

［九二］按：據《類篇·須部》：「顉，又芳無切，美髮謂之顉。」疑此「顉」字或爲「顉」字之誤。

［九三］明州本、毛鈔、錢鈔「罘」字作「罟」。余校、龐校、錢校同。方校：「案：『罟』譌『罘』，據宋本及《說文》正。下馮無切扶紐不誤。」姚校：「宋本作『罟』，是。韓校同。」

［九四］方校：「案：《廣雅·釋詁四》『髹』下有『髻』字。」

［九五］方校：「案：『豰』當从𣪊作『㲉』。注『未』譌『木』，據《玉篇》、《類篇》正。」姚校：「宋本『木』作『未』，是。影宋本、余校皆同。呂云：『坯，《博雅》作培。』覲元按：曹本引《博雅》作『培也』，不作『坯』。想移寫偶誤。」按：「木」是「未」字之誤，是。然諸本皆作「木」，龐氏、錢氏均不出校語。云「宋本作『未』。影宋本同」，恐不確。

［九六］明州本、錢鈔注「首」字作「足」。龐校、錢校同。

［九七］方校：「按：文見卷一《南山經》。舊本多作『鵃』，《類篇》同。畢氏从《廣雅》、《玉篇》作『鵃』。」

［九八］方校：「案：『埒』譌『埒』，據《類篇》正。」按：明州本正作「埒」。余校、陳校、陸校同。姚校：「宋本『埒』作『埒』，是。」

［九九］明州本、潭州本、金州本、毛鈔、錢鈔注「王」字作「玉」。陸校、龐校、錢校同。按：與《類篇》合，是。當正。

［一〇〇］明州本、潭州本、金州本、毛鈔、錢鈔注「罔」字作「網」。馬校、龐校、錢校同。方校：「案：宋本及《類篇》『罔』作『網』。」姚校：「宋本『罔』作『網』。韓校同。」

［一〇一］明州本、毛鈔、錢鈔注「罕羌」作「罕羌」。馬校：「『罕羌』，局作『罕羌』，無點，宋本誤。」

［一〇二］姚校：「余云：『按：上一字衍。』」

［一〇三］方校：「汪氏云：『此本之《篇》、《韻》，《公羊·僖卅一年》作膚。』」

［一〇四］潭州本「再」字上脱一筆作「冉」，誤。按：明州本、金州本、毛鈔、錢鈔作「再」。

［一〇五］方校：「案：《廣雅·釋器上》『袂』止作『夫』，與《禮記·少儀》合。」

［一〇六］方校：「案：『玞』譌『砆』，據《南山經》及《玉篇》、《類篇》正。」

［一〇七］李校：「貽按：『二』當依《漢志》作『莽』。」按：《說文·邑部》作「一」。

［一〇八］方校：「案：《南山經》作『六目六足』。」

［一〇九］陳校：「『鵃』，《廣韻》作『鵃』，从㸚。」

［一一〇］方校：「案：《類篇》『露』下有『髮』字。」

［一一一］方校：「案：『扙』譌『技』，『攴』譌『支』，據《說文》正。」按：明州本、潭州本、金州本、毛鈔、錢鈔「扙」字、「支」字正作「扙」、「攴」。陸校、龐校、錢校同。姚校：「宋本『技』作『扙』，『支』作『攴』。影宋本同。」

［一一二］余校：「『枎疎』作『扶疏』。」方校：「案：『枎』，小徐本同，大徐本作『扶』，與篆體異。『疎』竝作『疏』，當據正。」

［一一三］明州本、潭州本、金州本、毛鈔、錢鈔注「博」字作「榑」。汪校、龐校、錢校同。方校：「案：注『榑』譌『博』，據宋本及本文正。」姚校：「宋本『博』作『榑』，从木。余校同。呂云：『博宜作榑。』」

［一一四］方校：「案：『而』上奪『分』字，據《說文》補。」

［一一五］明州本、潭州本、金州本、毛鈔、錢鈔注「貪」字作「負」。汪校、龐校、錢校同。衛校作「圓」。方校：「案：『員』譌『貪』，據宋本及《爾雅·釋艸》郭注正。」姚校：「宋本『貪』作『負』，是。韓校同。余校作『圓』。」

［一一六］明州本、潭州本、金州本、毛鈔、錢鈔注「蕖」字作「渠」。龐校同。姚校：「宋本『蕖』作『渠』。」

［一一七］明州本、錢鈔注「茈」字作「茈」。錢校同。誤。潭州本、金州本作「茈」，與《爾雅·釋草》合。

［一一八］方校：「案：『颫』，《玉篇》、《類篇》同，《廣韻》作『颫』。」

［一一九］明州本、金州本、毛鈔、錢鈔注「旃」字作「㫋」。龐校、錢校同。姚校：「宋本『旃』作『㫋』。韓校同。」

［一二〇］方校：「案：《説文》『皀』作『皃』。《類篇》同。」

［一二一］毛鈔注「猷鱸」作「畉鱸」。龐校同。方校：「案：《廣雅·釋器上》作『畉蠦，畚也』。當據正。」

［一二二］明州本、潭州本、金州本、錢鈔注「瞿」字作「瞿」。龐校、錢校同。

［一二三］明州本、毛鈔「鼖」字作「鼖」，注同。潭州本、金州本正文作「鼖」，注作「鼖」。馬校：「宋本从攴，局皆从攴。」

［一二四］明州本、錢鈔注「鴮」字作「鴮」，誤。潭州本、金州本作「鴮」。

［一二五］方校：「案：今本《廣雅·釋詁一》奪，王氏《廣雅疏證》據此補。」

［一二六］方校：「案：各本《説文》『元』譌『无』，當以此正之。又《説文》『無』本作『𣞤』，『橆』乃古文『蕃橆』字，《類篇》不誤。」按：明州本、錢鈔「橆」作「無」，「元」作「无」。龐校、錢校同。姚校：「宋本『橆』作『無』，是。『元』作『无』，非。」

［一二七］明州本、金州本、毛鈔、錢鈔注「葳」字作「蕆」。陳校、龐校、錢校同。方校：「案：『蕆』譌『葳』，據宋本及《説文》正。」馬校：「『蕆』，局誤『葳』。」姚校：「宋本『葳』作『蕆』，是。余校、韓校皆同。鈕云：『葳宜作蕆。』」按：潭州本「蕆」中「止」字不清。

［一二八］明州本、潭州本、金州本、毛鈔、錢鈔注「簀」字作「蕢」。陸校、龐校、錢校同。方校：「案：『艸』譌从『木』，『蕢』譌从竹，據宋本及《爾雅·釋艸》郭注正。」陳準曰：「稿本『木』上無『从』字，當刪。」馬校：「『蕢』，局誤『簀』。」姚校：「宋本『簀』作『蕢』，从艹。」

［一二九］方校：「案：『扜蔽』譌『行敝』。《類篇》同。據《方言》二郭注正。」按：方校未確，「行敝」自可通。劉台拱《方言校補》曰：「《周禮·司市》：『利者使阜，害者使亡。』後鄭注：『利，利於民，謂物實厚者；害，害於民，謂行苦者。』《淮南子·繆稱訓》：『周政至，殷政善，夏政行。』高誘注：『行，尚麄也。』物以攻緻爲貴，故敝者曰行；物以精細爲貴，故麄者曰行。行猶敝也，故曰行敝。」

［一三〇］潭州本「墲」字脱「土」旁，疑是壞字。

［一三一］金州本、毛鈔注「冡」字作「冡」。段校同。姚校：「影宋本『冡』作『冡』，从冖。」

［一三二］明州本、潭州本、金州本、毛鈔、錢鈔注「弘」字作「弘」，「陜」字作「陝」。龐校、錢校同。韓校「弘」作「弘」。余校「陝」作「陜」。方校：「案：今本《類篇》不缺筆，宋本作『弘』。」馬校：「弘，宋人避諱如此作，从厶，非。」姚校：「宋本『弘』作『弘』，从几；『陜』字作『陝』，从从。」

［一三三］馬校：「『鴳』，宋誤，局作『鴾』。」按：馬所據宋本爲毛鈔再傳抄本，有誤。蒙所見毛鈔作「鴾」，不誤。

［一三四］明州本、毛鈔、錢鈔「𢏳」字併注在「鴮」下「蝥」上。方校、馬校、龐校、錢校同。姚校：「宋本『蝥』『蟱』上有『𢏳，瓦器』一條。影宋本、韓校皆同。宜補。」所叙未妥。

［一三五］明州本、潭州本、金州本、毛鈔、錢鈔注「襍」字作「撫」。龐校、錢校同。方校：「案：『撫』譌从示，據宋本及《説文》正。」按：局本實从衣，方校誤。姚校：「宋本『襍』作『撫』，从扌。余校、韓校皆同。影宋本作『橅』，从木。」按：毛鈔實从扌，姚誤。

［一三六］明州本、潭州本、金州本、毛鈔、錢鈔注俱不重「也」字。龐校、錢校同。姚校：「宋本無次『也』字。余云：『按：第二也字衍。』」

［一三七］明州本、潭州本、金州本、毛鈔、錢鈔注「而」字作「面」。龐校、錢校同。方校：「案：二徐本『而』作『面』，宋本及《類篇》同。段云：『作而者最善之册。』」馬校：「局刻『面』作『而』，㝡善。宋本作『面』則影寫之譌也。案：《禮

記・禮運》疏引《説文》曰『而，須也』，須謂頤下之毛，象形字也。而謂之須，須謂之而毛，二字爲轉注。丁所據《説文》不譌。《玉篇》、《廣韻》、《類篇》皆作『面』。今《説文》『須』下亦作『面毛』，『而』下作『頰毛』，皆不可通矣。『鬢』『鬚』皆俗作。《秋官・冥氏》鄭司農云：須直謂頤下須。字作須，鬢，俗。」姚校：「宋本『而』作『面』。影宋本、余校皆同。段云：『此作而最善，宋本作面，影寫之誤。』覲元案：宋槧本亦誤。」

[一三八] 方校：「案：《説文》作『止頦也』，當據乙。」按：明州本、潭州本、金州本、毛鈔、錢鈔「也頦」二字正互倒。龐校、錢校同。陸校於「止」字下補「頦」字，云「脱『頦』字」，於「也」下云「衍『頦』字」，反覺辭費。馬校：「『頦也』二字局誤互倒。」姚校：「宋本『也頦』二字互倒，是。影宋本、韓校皆同。」

[一三九] 明州本、潭州本、金州本、毛鈔、錢鈔注「繻」字作「緰」。韓校、龐校、姚校、錢校同。方校：「案：《左・隱二年》『紀履繻來逆女』，《公》、《穀》『繻』作『緰』。注『繻』宋本作『緰』，誤。」

[一四〇] 方校：「案：『嬋』譌从虫，『姊』爲譌『女曰』，據二徐本正。」姚校：「余校：『嬋』譌从虫，末『女』字作『姊』。」按：明州本、潭州本、金州本、毛鈔、錢鈔均與此本同。

[一四一] 明州本、潭州本、金州本、毛鈔、錢鈔注「於」字作「于」。馬校：「『于』局作『於』，《春秋》經、傳皆作『于』，不作『於』。」

[一四二] 陳校：「當作『嶉』，从山。」按：陳校是。从口之「嗺」見《玉篇・口部》：「嗺，子雖切，撮口也。」此音遵須切，即《廣韻・虞韻》之子于切「嗺，高貌」，字亦誤作「嗺」。《玉篇・山部》：「嶉，子誅切，崀嶉也。」此字爲「崔」之或體，亦見前《脂韻》遵綏切。

[一四三] 明州本、金州本、毛鈔、錢鈔注「敢」字作「嵌」。陸校、龐校、錢校同。方校：「案：『嵌』譌『敢』，據宋本及《類篇》正。」馬校：「局作『敢』，不成字。」姚校：「宋本『敢』作『嵌』，是。影宋本、韓校皆同。」

[一四四] 方校：「案：『佝』譌『佝』，據《類篇》正。《類篇・人部》有『佝』字，《亻部》無『佝』字。」按：明州本、毛鈔、錢鈔注「佝」字正作「佝」。錢校同。姚校：「宋本『佝』作『佝』。」

[一四五] 方校：「案：汪氏云：『《穀梁・昭廿年傳》楚謂之踂。釋文：女輒反。丁氏作踙，收《虞韻》，非也。』」馬校、姚校同。

[一四六] 毛鈔注「春」字作「春」。韓校、錢校同。方校：「案：『春』譌『春』，據宋本及《類篇》、《韻會》正。」馬校：「『春』，局誤『春』。案：《隱六年》：『鄭人來輸平。』公、穀《春秋》皆作『輸』，以爲『墮』之假借字，《左傳》作『渝』。汪遠孫曰：『輸字審母，春字穿母，疑有誤。《篇》、《韻》並在式朱切。下春朱切，樞紐亦有，此誤極明。』」

[一四七] 衛校：「《博雅》連『頭』字爲句，此失其讀。」丁校同。方校：「案：《廣雅・釋器上》『陌』作『帞』，是。下『頭』字爲句，此與《類篇》並失其讀。」按：明州本、錢鈔「陌」字作「帞」。錢校同。

[一四八] 方校：「按：『閃』譌『門』，『傾』下奪『佞』字，據《後漢書・趙壹傳》注訂補。傳『揄』作『榆』，音輸。」按：明州本、毛鈔、錢鈔注「門」字正作「閃」。韓校、陸校、龐校、錢校同。

[一四九] 方校：「案：『螋』譌『蛱』，據《類篇》正。」按：明州本、毛鈔、錢鈔「蛱」字正作「螋」。陸校、龐校、錢校同。馬校：「局誤『蛱』。注作『蠷螋』，是。」姚校：「宋本『蛱』作『螋』，是。影宋本同。呂校作『螋』。」

[一五〇] 方校：「案：『蓃』譌『萸』，注同。據《類篇》正。」按：明州本、潭州本、金州本、毛鈔、錢鈔「萸」字正作「蓃」。陸校、龐校、錢校同。馬校：「局誤『萸』，注同。」姚校：「宋本『萸』作『蓃』。韓校同。」

[一五一] 方校：「案：注『菉』譌『茱』，據《類篇》正。」按：明州本、毛鈔、錢鈔注『茱』字正作『菉』。龐校、錢校同。姚校：「宋本『茱萸』作『菉蓃』。影宋本同。」

[一五二] 明州本、潭州本、金州本、毛鈔、錢鈔注「荸」字作「箺」。龐校、錢校同。方校：「案：『箺』譌『荸』，據宋本及《廣雅・釋器下》正。」姚校：「宋本『荸』作『箺』。韓校同。」

[一五三] 方校：「案：《韻會》引作『刍』、『茤』。」按：明州本、潭州本、金州本、錢鈔作「丞」、「蕐」。龐校、錢校同。姚校：「宋本『丞』作『刍』。」

[一五四] 姚校：「余校『从』作『以』，『巠』作『莖』。」方校：「案：當依《説文》作『以』。二徐本『巠』竝作『莖』，段氏據此及

《類篇》、《文選·七發》注、《初學記·牛字》注正。」

［一五五］明州本、潭州本、金州本、錢鈔注「桊」作「絭」，當正。

［一五六］方校：「案：『桊』譌『泰』，據宋本及《釋器上》正。」按：明州本、毛鈔、錢鈔「泰」字正作「桊」。陸校、龐校、錢校同。姚校：「宋本『泰』作『桊』。韓校同。影宋本作『泰』。」按：毛鈔作「桊」，不作「泰」。

［一五七］方校：「今本《廣雅》未見，王氏坿録於《釋言》後。」

［一五八］明州本、錢鈔注「鴟」字作「鴟」。龐校、錢校同。毛鈔白塗作「鴟」。姚校：「宋本『鴟』作『鴟』。」按：潭州本、金州本作「鴟」，當是。作「鴟」不成字。

［一五九］方校：「按：卷四《東山經》『猚』止作『朱』。此本《廣韻》。畢氏謂从犬，非是。又『魚』下經無『鱗有』二字。」李校：「貽案：《山海經》作『朱』，無『鱗有』二字。本韻汝朱切『獳』字解仍依《山海經》作『朱』。此『鱗有』爲衍文。」

［一六〇］明州本、潭州本、金州本、毛鈔、錢鈔注「几」字作「几」，注同。余校、汪校、龐校、錢校同。方校：「案：『几』當从宋本及《説文》作『几』，注『然』大徐本作『也』，小徐本無。」馬校：「局皆作『几』，非。」姚校：「宋本『几』作『几』，是。影宋本、韓校皆同。」

［一六一］明州本、錢鈔注「似」字作「以」，非。潭州本、金州本、毛鈔作「似」。前鍾輸切「鮢」字注亦作「似」。

［一六二］明州本、潭州本、金州本、毛鈔注「啄」字作「啄」，是。錢鈔作「啄」，少點，非。

［一六三］明州本、錢鈔注「牡」作「牝」。錢校同。陳校：「『牡』當作『牝』。」姚校：「宋本『牡』作『牝』。」

［一六四］明州本、毛鈔、錢鈔注「偁」字作「稱」。龐校、錢校同。姚校：「宋本作『稱』。余校同。」

［一六五］明州本、潭州本、金州本、毛鈔注「涿」字作「涿」。馬校：「局作『涿』，少點。」

［一六六］毛鈔注「衹」字作「衹」，是。馬校：「『衹』，局誤从礻。」

［一六七］明州本、錢鈔注「也」字作「落」。龐校、錢校同。姚校：「宋本『也』作『落』。」毛鈔白塗改『也』字。按：下文容朱切「繻」字注正作「色落也」，當從宋本。

［一六八］方校：「案：《廣雅·釋詁一》『止』作『誅』。《類篇》與此同。」

［一六九］明州本、錢鈔注「縠」字作「縠」。龐校、錢校同。「名」，毛鈔白塗改「也」。

［一七〇］明州本、錢鈔注「軉」字作「軉」。龐校、錢校同。姚校：「宋本『軉』作『軉』。」按：此引《廣雅》誤本。王念孫《廣雅疏證·釋草上》「軉」下云：「各本脱去『麻也』二字，遂與下『麻也』混爲一條。《集韻》、《類篇》引《廣雅》『軉，麻也』，則宋時《廣雅》本已譌。」又於「麻也」下云：「各本『麻』下有『誅』字之音。案：《説文》、《玉篇》、《廣韻》竝無『麻』字，正文及音皆不知何字之譌，其字之上下亦不知脱去何字。」

［一七一］方校：「案：『柜』譌从手，據卷一《南山經》正。」

［一七二］明州本、毛鈔、錢鈔注「讀」字作「説」。龐校、錢校同。姚校：「宋本『讀』作『説』，是。」

［一七三］明州本、毛鈔、錢鈔注「邦」字作「邞」。余校、錢校同。方校：「案：朝邞縣屬安定郡，見《漢書·地理志》。此『邞』譌从尹，據宋本正。」馬校：「『邞』，局作『邦』，不成字。案：《左·襄十四年傳》釋文：『如淳曰：朝音株。時人語。』此《漢書音義》也。《漢書·地理志》安定郡有朝邞縣。」姚校：「宋本『邦』作『邞』，是。影宋本、韓校皆同。」陸校改「邦」爲「郡」，非是。

［一七四］明州本、毛鈔、錢鈔「夆」字作「夅」。汪校、龐校、錢校同。方校：「案：『夅』譌『夆』，據宋本及二徐本正。」馬校：「『夅』局誤『夆』。」姚校：「宋本『夆』作『夅』。影宋本、余校、韓校皆同。吕云：『《説文》作夅籆。』」

［一七五］明州本、潭州本、金州本、錢鈔注「煮」字作「煑」。

［一七六］明州本、潭州本、金州本、毛鈔、錢鈔注「牀」字作「牀」。龐校、錢校同。馬校：「『牀』，局作『牀』，多點。」姚校：「宋本『牀』作『牀』，从木。」

［一七七］潭州本、金州本注「嶁」字作「嶁」。馬校：「局作『嶁』，少點。其大字作『嶁』。」

［一七八］明州本、潭州本、金州本、毛鈔、錢鈔「褸」字作「褸」，明州本、金州本、錢鈔注「瞜」作「膢」。龐校、錢校同。方校：「案：『膢』譌『瞜』，據宋本及大徐《説文》正。小徐本無『離』字。『褸』當从《類篇》作『褸』，注文亦可證。」馬校：

「『褸』局誤从衣，『膢』局誤『膢』。」姚校：「宋本『褸』作『褸』，从示；『膢』作『膢』，从月。韓校同。吕云：『褸宜从示，膢宜作膢。』」

[一七九] 方校：「案：《説文》『婁古作□』，此云『古作婁』，未詳。」

[一八〇] 方校：「案：『穰』譌从木，據《説文》正。」按：明州本、金州本、毛鈔、錢鈔注「穰」字正作「穰」。衛校、韓校、陸校、龐校、錢校同。馬校：「『穰』，局作『穰』。」姚校：「宋本『穰』作『穰』，从禾。」

[一八一] 明州本、錢鈔注「烹」作「亨」。韓校、龐校、姚校、錢校同。方校：「案：『烹』當从宋本作『亨』，二徐本與此同。」

[一八二] 明州本、錢鈔注「翹翹」作「翹翃」。下一字作「翃」，不成字。潭州本、金州本作「翹翹」。

[一八三] 明州本、金州本、錢鈔注「差」字作「荖」。潭州本作「羌」。錢校作「羌」。

[一八四] 方校：「案：大徐本『越』作『逑』，段氏从之，此从小徐。」

[一八五] 明州本、潭州本、金州本、毛鈔、錢鈔注「昏」字作「昬」。韓校、龐校、錢校同。方校：「案：『昏』，宋本上从民，各本合段校从氏。」

[一八六] 明州本、潭州本、金州本、毛鈔、錢鈔注「洩」字作「洩」。馬校：「凡宋本从『曳』如此作，局皆作『曳』。」

[一八七] 明州本、潭州本、金州本、錢鈔注「媢」字作「媚」。錢校同。

[一八八] 明州本、錢鈔注「冡」作「冢」，从冖。馬校：「局作『冡』，多一畫。」

[一八九] 董校：「按：《地理志》扶風有隃麋縣。《續志》作『隃麋』。」李校：「《漢志》右扶風隃麋，脱去三字，若扶風有隃麋縣者然。」

[一九〇] 方校：案：「《類篇》同。二徐本竝作『瑾瑜』。」按：明州本、錢鈔注「瑾」字作「瑾」。龐校、錢校同。姚校：「宋本『瑾』作『瑾』。余校『瑜』、『瑾』二字互倒。」

[一九一] 明州本、錢鈔注「梓」字作「柱」。龐校同。按：潭州本、金州本作「梓」，與《説文》合。

[一九二] 某氏校：「『蕄』，《廣韻》作『蕄』，誤。」

[一九三] 方校：「案：當从《説文・申部》作『史』。《類篇》作『臾』，亦誤。『臾』古『蕢』字，舊本《説文・艸部》『蕢』下作『臾』，段氏校正如此。」

[一九四] 明州本、錢鈔注「捽」字作「摔」。錢校同。誤。潭州本、金州本作「捽」。

[一九五] 姚校：「吕云：『邪宜作挪。』」

[一九六] 方校：「案《韻會》『手』上有『舉』字，此與《後漢書・王霸傳》注同。」

[一九七] 方校：「案：此係新坿字。」

[一九八] 陳校：「《玉篇》作『炊』。」

[一九九] 明州本、錢鈔注「牡」字作「壯」。龐校、錢校同。誤。潭州本、金州本作「牡」，與《説文》合。

[二〇〇] 明州本、毛鈔、錢鈔注「蠣」字作「蝺」。龐校、錢校同。姚校：「宋本『蠣』作『蝺』。」

[二〇一] 明州本、潭州本、金州本、錢鈔注「墮」字作「憻」。方校：「案：宋本『墮』作『憻』，《類篇》同。」

[二〇二] 方校：「案：『抒』譌『杼』，《類篇》同。據《廣雅・釋詁二》正。」馬校：「當爲『抒』，宋亦誤。」姚校：「『杼』當从手。」陸校同。

[二〇三] 明州本、毛鈔、錢鈔注「罃」字作「瑩」。錢校同。誤。按：潭州本、金州本作「罃」，與《方言》第五合。

[二〇四] 明州本、毛鈔、錢鈔注上「牏」字作「艅」。衛校、陸校、龐校、錢校同。方校：「案：『艅牏』譌『牏牏』，據宋本及《類篇》正。」馬校：「『艅』，局亦誤『牏』。」姚校：「宋本注上『牏』字作『艅』。影宋本、韓校皆同。」

[二〇五] 明州本注「頴」字作「穎」。龐校、錢校同。姚校：「宋本『頴』字作『穎』，从禾。」按：《南齊書・蕭赤斧傳附穎胄傳》字作「穎」，从禾。作「穎」字是。

十一模

[一] 明州本、毛鈔、錢鈔「夾」字作「㚏」，注「晡」字作「脯」，「撫」字作「橅」。龐校、錢校同。姚校：「宋本『夾』作『㚏』，『晡』作『脯』，『撫』作『橅』。」潭州本、金州本注「撫」字作「橅」。

[二] 李校：「貽案：《詩》：『民雖靡膴。』鄭音謨，法也。則作『膴』爲重文尚有據，若『譕』則虛造。」

[三] 余校：「『衡上』二字互倒。」韓校同。

[四] 陳校：「『酴』當作『酳』。」方校：「案：『酳』譌『酴』，據《説文》及《楚辭·大招》王注正。」

[五] 方校：「案：《方言》十三『葬』下有『而』字。下文滂模切『撫』注『規度墓地』，『地』譌『也』，據郭注及《篇》、《韻》、《類篇》正。」

[六] 明州本、毛鈔、錢鈔注「母」字作「毋」。龐校、錢校同。陳校：「《内則》疏云：『毋是禁辭，非膳羞之體，故讀爲模，模，象也，法象淳熬而爲之。』此注當作『毋』。」姚校：「宋本『母』作『毋』。」

[七] 明州本、毛鈔、錢鈔「敱」字作「𢻮」，注「戲敱」作「戲𢻮」。龐校、錢校同。姚校：「宋本『敱』作『𢻮』，『戲敱』作『戲𢻮』，俱从支。」按：从支誤。《玉篇·攴部》：「戲，戲敱，屋欲壞。」潭州本、金州本俱作「戲敱」，从攴，不誤。

[八] 「也」當作「地」，説見前。《廣韻》作「規墓地𪊕」，敦煌本《王韻》作「規度墓地」，亦有「地」字。

[九] 明州本、毛鈔、錢鈔「⿸厂甫」字作「庯」。龐校、錢校同。姚校：「宋本作『庯』，从广。」方校：「案：宋本作『庯』，誤。《説文》及《類篇》竝入《厂部》。」按：潭州本、金州本作「⿸厂甫」，从厂。

[一〇] 陳校：「『申』上增『日』字。」蓋據《説文》。

[一一] 明州本、金州本、毛鈔、錢鈔注「佳」字作「隹」。陸校同。馬校：「『隹』，局誤『佳』。」

[一二] 明州本、金州本、毛鈔、錢鈔注「樗」字作「摴」。韓校、陸校、龐校同。方校：「案：宋本『樗』作『摴』。」馬校：「『摴』，局誤。」姚校：「宋本『樗』作『摴』，从扌。」又潭州本、金州本注「蒱」字作「蒲」。

[一三] 明州本、金州本、毛鈔、錢鈔注「櫨」字作「攎」。龐校、錢校同。方校：「案：『攎』譌从木，據宋本及《廣韻》、《類篇》正。」姚校：「宋本『櫨』作『攎』，从扌。」

[一四] 明州本、錢鈔注「艇」字作「般」。錢校同。按：據《方言》第九「艇短而深者謂之䑮」，作「艇」是。潭州本、金州本作「艇」。

[一五] 明州本、潭州本、金州本、毛鈔、錢鈔注「剶」字作「剶」。陸校、龐校、錢校同。姚校：「宋本『剶』作『剶』。」影宋本、韓校並同。」方校：「案：《漢志》作『撲剶』，孟康音蒲環。此『撲』从木，『剶』从衣，竝誤。」

[一六] 方校：「案：《類篇》有『菩』字，薄胡切，梵語菩提，漢言正道。此失收。」

[一七] 明州本、潭州本、金州本、毛鈔、錢鈔注「摯」字作「摯」。錢校同。

[一八] 明州本、潭州本、金州本、毛鈔、錢鈔「疏」字作「蔬」。錢校同。

[一九] 方校：「案：『摸』譌从木，據《類篇》正。」

[二〇] 明州本、潭州本、金州本、毛鈔、錢鈔「⿰歹無」字作「⿰火無」。韓校、錢校同。方校：「案：宋本『⿰歹無』作『⿰火無』。」

[二一] 明州本、毛鈔、錢鈔注「涂」字作「凃」。

[二二] 方校：「案：『二』當作『三』。汪氏云：『《説文》𪋻，鹿行揚土也。別是一字，非麤篆文。』珪案：《説文》補音：麤，倉胡切；𪋻，直珍切。」按：曹本作「二」。明州本、潭州本、金州本、毛鈔、錢鈔注均作「三」，顧氏重修本已改。

[二三] 明州本、潭州本、金州本、毛鈔、錢鈔「猢」字作「⿰牛胡」，注「疏」字作「蔬」。龐校、錢校同。

[二四] 方校：「案：《廣韻》『⿰米鹿』作『⿰米麤』。」明州本、錢鈔注「⿰米鹿」字作「⿰米麤」。錢校同。非。潭州本、金州本作「⿰米鹿」。

[二五] 明州本、錢鈔注「鞁」字作「⿰韋皮」。龐校、錢校同。誤。潭州本、金州本作「鞁」。

[二六] 明州本、潭州本、金州本、毛鈔、錢鈔注「䀛」字作「⿰目支」。陸校、錢校同。姚校：「宋本『䀛』作『⿰目支』。」覲元按：此字今本

已正。」按：姚氏所謂今本當指光緒二年姚刻三種本《集韻》。

〔二七〕潭州本、金州本、錢鈔注「往」字作「徃」。

〔二八〕潭州本、金州本、毛鈔注「往」字作「徃」。

〔二九〕明州本、潭州本、金州本、毛鈔、錢鈔注「弓」字作「引」。陸校同。按：此脱去右半。

〔三〇〕陳校：「『古』上補『落』字。」方校：「汪氏云：今《説文》無『放』字，據宋小字本及小徐本。《容齋續筆》同汲古本有『放』字、『落』字，非。」馬校：「案：今本《説文》奪『放』字，此引不誤也。《書》作『殂』，段氏以爲姚方興本，未可爲據。古文《尚書》『殂』下無『落』字。『𣦸』局作『𣦸』，注同。」又：明州本、潭州本、金州本、毛鈔、錢鈔注「殂」字作「殂」。

〔三一〕明州本、毛鈔、錢鈔注「茹」字作「菇」。龐校、錢校同。方校：「案：『菇』譌『茹』，據宋本及《類篇》正。」姚校：「宋本『茹』作『菇』。韓校同。」

〔三二〕明州本、錢鈔注「田」字作「曰」。錢校同。誤。潭州本、金州本作「田」，與《類篇》同。

〔三三〕明州本、錢鈔注「粑」字作「耙」。錢校同。與正文不同。潭州本、金州本作「粑」。

〔三四〕余校：「按：《説文》作『闉闍』，城内重門也。」方校：「案：十二篇《門部》『闉』注：『城内重門也。』此『闉』作『因』，誤。『闍』注：『闉闍也。』城門臺之訓見《毛詩傳》，非叔重語。『堵』與『闍』異義，此未詳所本。」

〔三五〕方校：「案：『杖』譌『仗』，據《類篇》正。」按：毛鈔注「仗」字正作「杖」。陸校同。

〔三六〕明州本、毛鈔、錢鈔注「渟」字作「停」。龐校、錢校同。姚校：「宋本『渟』作『停』，从人。」

〔三七〕方校：「案：『平』譌『乎』，據《類篇》及前奔模切『庯』注正。」按：明州本、毛鈔、錢鈔注「乎」字正作「平」。馬校：「『平』，局誤『乎』。」姚校：「宋本『乎』作『平』，是。余校、韓校同。」

〔三八〕明州本、潭州本、金州本、毛鈔、錢鈔注「稻」字作「稻」。龐校、錢校同。姚校：「宋本『稻』作『稻』，从舀，是。影宋本同。」某氏校：「『稻』譌『稻』，以《山海經》一《南山經》『糈用稌米』郭注校改。」

〔三九〕明州本、毛鈔、錢鈔注無次「木」字。龐校、錢校同。又明州本、潭州本、金州本、毛鈔、錢鈔注「槖」字作「橐」，與《説文》同。

〔四〇〕明州本、錢鈔注「鞲」字作「鞲」。龐校、錢校同。姚校：「宋本『鞲』作『鞲』。覲元案：此字今本已正。」按：潭州本、金州本作「鞲」。

〔四一〕明州本、毛鈔、錢鈔「辻」字作「辻」。龐校、錢校同。姚校：「宋本作『辻』，从上，誤。影宋本同。余校、韓校俱作『辻』，从士。」方校：「案：二篇《辵部》『赴』，从辵，土聲。隸作『徒』。此从士，誤。」馬校：「宋本誤，局作『辻』，亦誤。正字當作『辻』。」

〔四二〕明州本、潭州本、金州本、毛鈔、錢鈔注並有「名」字，與《説文》異。方校：「案：《説文》無『名』字，宋本及《類篇》竝有。」

〔四三〕明州本注「梔」字作「梔」。龐校、錢校同。按：潭州本、金州本、毛鈔、錢鈔作「梔」。

〔四四〕明州本、潭州本、金州本、毛鈔、錢鈔「滁」字作「滁」。龐校、錢校同。姚校：「宋本『滁』作『滁』，是。覲元案：篆文『余』作『余』，凡从『余』之字皆不當从未。」

〔四五〕明州本、潭州本、金州本、毛鈔、錢鈔注「捈」字作「梌」。龐校、錢校同。姚校：「段云：『梚』宜作『梚』。宋本注『捈』作『梌』。」方校：「案：『梚』譌『梚』，據《類篇》正。『捈』當从宋本及正文作『梌』。」馬校：「『當爲『梚』，宋亦少點。注『梌』，局本作『捈』，从手，其大字从木。」

〔四六〕明州本、金州本、錢鈔注「折」字作「析」。錢校同。方校：「案：『折』，《説文》暨《類篇》『筡』注同。段从宋本及《類篇》『篴』注作『析』。」

〔四七〕馬校：「『圖』，局作『圖』。」

〔四八〕明州本、毛鈔、錢鈔注「謀」下有「也」字。龐校、錢校同。方校：「案：『謀』下奪『也』字，據宋本補。」馬校：「『也』，局誤脱。」姚校：「宋本『謀』下有『也』字。韓校同。」

［四九］明州本、毛鈔、錢鈔注「畬」作「畗」，潭州本、金州本注作「畗」。方校：「案：『畗』譌『畣』，據宋本補正。」姚校：「宋本『畬』作『畗』。」

［五〇］方校：「案：『㾡』下奪一『㾡』字，《類篇》同。據《廣韻》引《通俗文》補。」李校同。

［五一］方校：「案：《説文·馬部》『駼』下云：『騊駼也。』《牛部》『犊』下云：『黄牛虎文。』此誤并爲一。《類篇》亦承其誤。今依《廣韻》增『犊』字。」

［五二］明州本、錢鈔注「烏」字作「鳥」，非。潭州本、金州本作「烏」，與《爾雅·釋鳥》郭注同。

［五三］方校：「案：『馮』上奪『左』字，據《説文》補。『郚』，《類篇》、王伯厚《詩地理考正》同，毛本、祁本並譌『鄐』。」姚校：「余校：祁作『鄐』。」

［五四］李校：「貽案：《禮記·檀弓》『杜蕢』，《左傳》作『杜蒯』。此係引《禮》，當作『蕢』。劉昌宗讀不見於《釋文》，不知何據。鄭注本云《春秋傳》作屠，無侯昌宗始作屠音也。」按：《周禮·春官·序官》：「大師：下大夫二人。小師：上士四人。」鄭注：「瞽杜蒯云：矇也，大師也。」釋文：「杜蒯，如字，劉音屠。」此丁氏所本。

［五五］明州本、毛鈔、錢鈔注「匃」字作「匄」。龐校、錢校同。

［五六］明州本、毛鈔、錢鈔注「鞲」字作「鞲」。龐校、錢校同。姚校：「宋本『鞲』作『鞲』。」按：潭州本、金州本作「鞲」。

［五七］明州本、錢鈔注「止」字作「土」。龐校、錢校同。毛鈔原作「土」，白塗改「止」。

［五八］方校：「案：此見《周書·梓材》疏，《説文》又引作『斁』。」丁校：「『斁』，《尚書》作『塗』。」

［五九］明州本、錢鈔注「盫」字作「盫」。錢校同。

［六〇］方校：「案：《説文》無『黑』字，此與《尚書·禹貢》釋文及《類篇》所引同，可據以補許書之闕。」

［六一］明州本、毛鈔「㳻」字作「㳻」，「黸」作「黸」。龐校、錢校同。姚校：「宋本作『㳻』、『黸』，从下，是。韓校同。」按：潭州本、金州本作「㳻」「黸」。錢鈔「黸」譌作「黸」。清本避諱「玄」字缺末點。

［六二］方校：「案：『鼠』譌从鼠，據《説文》正。」按：明州本、錢鈔注「鼠」字作「鼠」。錢校同。毛鈔作「鼠」。馬校：「局誤

『鼠』。」姚校：「宋本作『鼠』。影宋本作『鼠』，是。」

［六三］陳校：「《説文》作『頊』。」方校：「案：『頊』譌『頭』，據二徐本及《類篇》正。」按：明州本、錢鈔注「頭」字作「頊」。龐校、錢校同。

［六四］方校：「案：『瞳』當从《類篇》、《韻會》作『童』。」按：明州本、潭州本、金州本、毛鈔、錢鈔注「瞳」字正作「童」。姚校：「宋本作『童』。與《廣韻》合。」

［六五］段校：「『曰』上增『一』字。」錢校：「『呼豬聲』下略空，似有『一』字。」龐校同。姚校：「宋本『曰』上有『一』字，是。影宋本、余校皆同。」馬校：「『一』，局脱。『笑』作『笑』，凡『笑』，宋多从犬，局多从夭。」

［六六］明州本、潭州本、金州本、毛鈔、錢鈔注「瘫」字作「瘫」。韓校、龐校、姚校、錢校同。方校：「案：『癰』譌『瘫』，據宋本及《類篇》、《廣韻》引《集略》正。影宋本『病』下衍『壺』字。」按：蒙所見毛鈔無「壺」字。方所據疑是傳鈔本，非毛鈔原書。

［六七］方校：「案：小徐本同，大徐本『熟』作『孰』。」姚校：「余校：『弘』作『引』。」

［六八］明州本、金州本、毛鈔、錢鈔注「杼」字作「杼」。馬校、龐校、錢校同。方校：「案：『杼』譌『杼』，據宋本及《類篇》正。」姚校：「宋本『杼』作『杼』，是。」

［六九］明州本、金州本、毛鈔、錢鈔注「染」字作「染」。馬校：「『染』作『染』，凡『染』局多點，俗字。」

［七〇］明州本、錢鈔注「戟」字作「戟」。龐校同。

［七一］明州本、潭州本、金州本、毛鈔、錢鈔注「筐」字作「筐」，缺末筆。馬校：「局作『筐』。」

［七二］方校：「案：《方言》八作『蠦蝘』，郭音盧纏。此『蝘』作『蜵』，誤。」按：明州本、錢鈔「蜵」字作「蝘」。龐校、錢校同。姚校：「宋本『蜵』作『蝘』。」

［七三］方校：「案：《廣雅》未見。」李校：「貽案：《玉篇》、《廣韻》無此字，當是《博雅》誤本收入。」

［七四］方校：「案：『鸕』譌『鸕』，據《類篇》及本文正。」按：明州本、毛鈔、錢鈔注「鸕」字正作「鸕」。陸校、龐校、錢校同。

［七五］馬校：「局誤作『鸓』，大字『鼺』。」姚校：「宋本『鸓』作『鼺』，是。影宋本同。」方校：「案：『瓠』、『匏』竝譌从夸，據《類篇》正。」按：明州本、毛鈔、錢鈔注「瓠」作「瓠」，「匏」作「匏」。龐校、錢校同。姚校：「宋本『匏』作『匏』。」

［七六］明州本、潭州本、金州本、錢鈔注「於」字作「于」。錢校同。馬校：「此『于』字局作『於』，非也。《周禮》作『于』，不作『於』。此用字之例。」又明州本、錢鈔注「春」字作「春」。

［七七］方校：「案：《類篇》『厬』作『脊』，今據正。」

［七八］方校：「案：『頡』譌『頡』，據《類篇》、《韻會》及本文正。」按：明州本、毛鈔、錢鈔注「頡」字正作「頡」。龐校、錢校同。

［七九］明州本、錢鈔注「作虗」作「从虍」。龐校、錢校同。姚校：「宋本『作虗』作『从虍』。」

［八〇］明州本、潭州本、金州本、毛鈔、錢鈔「壺」字作「壼」。馬校、龐校同。方校：「案：許書篆作『㚃』，故有『从大』之説，宋本及《類篇》竝作『壼』。」姚校：「宋本『壺』作『壼』。韓校同。」錢校：「从『壼』之字並同。」

［八一］馬校：「竝，局作『並』。『竝』、『並』正俗字。」

［八二］明州本、錢鈔「榼」字作「榼」，注同。

［八三］方校：「案：『黏』譌从古，據《説文》正。」按：明州本、毛鈔、錢鈔注「黏」字正作「黏」。龐校、錢校同。姚校：「宋本注『黏』作『黏』。」

［八四］明州本、毛鈔、錢鈔注「麫」字作「麫」。錢校同。

［八五］方校：「案：『酟』譌『酟』，『互』譌『亙』，據《類篇》、《韻會》正。」按：明州本、毛鈔、錢鈔「酟」作「酟」，注「亙」作「互」。龐校、錢校同。馬校：「凡从『互』局皆作『亙』。」姚校：「宋本『酟』作『酟』，『亙』作『互』，是。影宋本、余校、韓校皆同。」

［八六］明州本、潭州本、金州本、毛鈔、錢鈔注「喉」字作「喉」。錢校同。

［八七］明州本、金州本、毛鈔、錢鈔注「裿」字作「裿」，从衣。馬校：「局誤『裿』，从示。」

［八八］明州本、錢鈔注「火」字作「小」。錢校同。潭州本、金州本作「大」。毛鈔底本作「小」，白塗改「大」。衛校、陸校、馬校同。方校：「案：『大』譌『火』，據宋本及《説文》正。」姚校：「宋本『火』作『小』，誤。影宋本作『大』，是。余校、韓校皆同。」

［八九］明州本、潭州本、金州本、毛鈔、錢鈔注「揚」字作「楊」。馬校：「『楊』从木，宋本是也。局作『揚』，非。」

［九〇］方校：「案：『魱』譌『魟』，據《爾雅・釋魚》正。」按：明州本、毛鈔、錢鈔「魟」字正作「魱」。龐校、錢校同。姚校：「宋本『魟』作『魱』，是。韓校同。」

［九一］方校：「案：『時』，《類篇》作『鯺』，或作『鰣』，竝通。」

［九二］明州本、潭州本、金州本、錢鈔「洍」字作「泛」。錢校同。

［九三］明州本、毛鈔、錢鈔注「之」字作「白」，「鷊」字作「鷊」。龐校、錢校同。金州本注「之」字作「白」。方校：「案：小徐本『斬』作『蟖』，此从大徐。『白鬋』譌『之鬋』，據宋本及《説文》正。『猿』，二徐竝作『蝯』。『鷊』當从宋本及《類篇》作『鷊』。」姚校：「宋本『之』作『白』，『鷊』作『鷊』。韓校同。影宋本『之』作『白』，余校同。」某氏曰：「當云：亦書作『鷊』。偏檢字書無『鷊』字。」

［九四］明州本、潭州本、金州本、毛鈔、錢鈔注「咽喉」作「喉咽」。

［九五］明州本、毛鈔、錢鈔注「節」字作「卽」。方校：「案：『卽』譌『節』，據宋本及《類篇》正。」馬校：「『卽』，局誤『節』。」姚校：「宋本『節』作『卽』，是。影宋本、韓校皆同。」

［九六］明州本、潭州本、金州本、毛鈔、錢鈔「蓋」字作「葢」。

［九七］明州本、毛鈔、錢鈔注「蟬」字作「蜂」。馬校、龐校、錢校同。方校：「案：『蜂』譌『蟬』，據宋本及《類篇》正。」姚校：「宋本『蟬』作『蜂』。影宋本、韓校皆同。」

［九八］馬校：「案：『彋』字不當洪孤切。」李校：「貽案：『弸彋』本《甘泉賦》，顔監、李崇賢注音宏，其作『洪孤』者，疑『洪孤』本是『孤弘』，宋避景祖諱，『弘』皆作『洪』，更轉而爲『洪孤』，遂闌入此韻矣。」按：宋宣祖弘殷，「弘」諱作「洪」。

［九九］　明州本、潭州本、金州本、毛鈔、錢鈔注「帳」字作「張」。馬校、錢校同。方校：「案：『張』譌『帳』，據宋本及《類篇》正。」姚校：「宋本『帳』作『張』，是。影宋本、韓校皆同。」

［一〇〇］　明州本、潭州本、金州本、毛鈔、錢鈔「夃」字作「夃」。顧校同。

［一〇一］　明州本、毛鈔、錢鈔注「戊」字作「戍」。馬校、龐校、錢校同。方校：「案：『戍』譌『戊』，據宋本及《説文》正。」姚校：「宋本『戊』作『戍』。」

［一〇二］　明州本、毛鈔、錢鈔注「外」字作「升」。錢校同。方校：「案：『升』譌『外』，據宋本及《説文》正。」姚校：「宋本『外』作『升』，是。余校、韓校皆同。鈕云：『外宜作升。』」按：潭州本、金州本「外」作「外」，爲「升」之別體。

［一〇三］　明州本、潭州本、金州本、毛鈔、錢鈔注「棱」字作「棱」。陸校、龐校、錢校同。方校：「案：『棱』譌『棱』，據《説文》正。」姚校：「宋本『棱』作『棱』，从木。韓校同。」

［一〇四］　方校：「案：『殿堂高處』，二徐本竝作『殿堂上最高之處也』，此省文。」

［一〇五］　方校：「案：《廣雅·釋器下》『籙』作『籙』。」按：明州本、錢鈔注「籙」字作「籙」。姚校：「宋本『籙』作『籙』，从桼。」

［一〇六］　李校：「貽案：《説文》『菰』訓『艸多皃，江夏平春有菰亭』。是注與此『菰』字同。《玉篇》、《廣韻》均無『菰』，二徐本始有，知即『菰』字之譌，當删。」

［一〇七］　明州本、錢鈔注「王」字作「正」。錢校同。非。潭州本、金州本作「王」。

［一〇八］　李校：「貽案：《莊子》『大軱』，崔注：『槃結骨。』無『皃』字。」按：此見《莊子·養生主》及釋文。

［一〇九］　明州本、潭州本、金州本、錢鈔「鮎」字作「鮎」。馬校：「『鮎』，局作『鮎』，注同。案：巫鮎，見《漢書·地理志》左馮翊雲陽縣下，孟康『鮎』音辜磔之辜。」

［一一〇］　明州本、潭州本、金州本、錢鈔注「嬰」字作「嬰」。龐校同。

［一一一］　明州本、錢鈔注「牡」字作「壮」。錢校同。非。潭州本、金州本作「牡」。

［一一二］　明州本、潭州本、金州本、毛鈔、錢鈔「鹽」字作「鹽」。汪校、龐校、錢校同。方校：「案：『鹽』譌『鹽』，據宋本正，注文不誤。」姚校：「宋本作『鹽』，从臥，是。影宋本、余校、韓校皆同。」

［一一三］　衛校：「《漢書·地理志》作『狐』。」方校：「案：前漢《孝武功臣表》有軱讘侯杆者，師古注：『軱』讀與『狐』同。此作『瓠』，誤。」

［一一四］　方校：「案：『権』譌『榷』，據《類篇》正。」按：明州本、毛鈔、錢鈔注「榷」字正作「権」。龐校、錢校同。姚校：「宋本『榷』作『権』，从隺，是。」

［一一五］　明州本、錢鈔「臯」字作「臯」。龐校、錢校同。姚校：「宋本『臯』作『臯』，从白。」陳校作「皐」。潭州本、金州本作「臯」。

［一一六］　明州本、潭州本、金州本、毛鈔、錢鈔注「媧」字作「媧」。陳校、韓校、馬校、龐校、錢校同。方校：「案：『媧』譌『媧』，據宋本及《類篇》正。」姚校：「宋本『媧』作『媧』。」

［一一七］　方校：「案：『木』下奪『枝』字，據《類篇》及前孤紐本字注補。」

［一一八］　方校：「案：《易》下『挎』譌『刳』，據《類篇》正。『桍』亦當依《儀禮·鄉飲酒禮》及《類篇》作『挎』。」按：明州本、潭州本、金州本、毛鈔、錢鈔注「桍」字正作「挎」。陸校、龐校、錢校同。馬校：「注『挎』局从木，誤。」姚校：「宋本『桍』作『挎』，从手。段校同。」

［一一九］　明州本、潭州本、金州本、錢鈔注「恇」字作「恇」。錢校同。此避諱字缺筆。

［一二〇］　明州本、錢鈔注「揚」字作「楊」。錢校同。潭州本漫漶。金州本作「揚」，與《方言》第十二合，當是。

［一二一］　明州本、錢鈔注「曝」字作「膝」。龐校、錢校同。姚校：「宋本『曝』作『膝』，从月。」金州本漫漶。潭州本作「曝」。

［一二二］　方校：「案：《廣雅·釋詁二》『胋』作『姑』。『曝』，王校本作『乾』，説已見前。」

［一二三］　方校：「案：《釋親》作『骺脯』，曹憲音括甫。此『骺』作『骷』，音空胡切，豈丁氏等所見本不同耶？宋本及《類篇》『髆』竝作『髆』。」按：明州本、毛鈔、錢鈔注「髆」字作「髆」。陸校、錢校同。馬校：「『髆』，局誤『髆』。」姚校：「宋

本『髆』作『髆』，从專，是。影宋本、韓校皆同。」

[一二三] 明州本、毛鈔、錢鈔注「鮎」字作「䱈」。馬校、陸校、錢校同。方校：「案：『䱈餅』譌『鮎餅』，據宋本及《類篇》正。」

[一二四] 姚校：「宋本注『鮎』作『䱈』。韓校同。」

[一二五] 明州本、潭州本、金州本、毛鈔、錢鈔注「篾」字作「篾」。錢校同。姚校：「宋本『篾』作『篾』。」

[一二六] 方校：「案：小徐本『唬』作『號』。此當从大徐本及《類篇》改『嘑』。」

[一二七] 龐校「楊」字作「揚」。按：潭州本、金州本、明州本、錢鈔皆作「楊」。

[一二八] 潭州本、金州本注「怯」字作「狤」，誤。明州本、毛鈔、錢鈔俱作「怯」，與《廣雅・釋詁四》、《廣韻》合。

[一二九] 明州本、金州本、毛鈔、錢鈔「滬」字作「滬」。龐校、錢校同。方校：「案：『滬』譌从仌，據宋本及注文正。」馬校：「『滬』，局誤『滬』。」姚校：「宋本『滬』作『滬』，从氵。」

[一三〇] 方校：「案：『垮』譌『垺』，據《類篇》正。」馬校：「案：漢《地理志》鴈門郡垺，與汪本不同。《集韻》『垺』下不引縣名，則『垺』字是也。」

[一三一] 明州本、潭州本、金州本、毛鈔、錢鈔注「捧」字作「棒」。錢校同。方校：「案：『棒』譌从手，據宋本及《古今注》正。」馬校：「『棒』，局作『捧』，《類篇》作『棒』。」姚校：「宋本『捧』作『棒』，从木。」

[一三二] 明州本、毛鈔、錢鈔「吳」字作「吴」。汪校、龐校、錢校同。汪云：「夨，下同。」余校：「『矢』改『夨』，从口。『夨』並同。」方校：「案：《説文》十篇：『夨，傾頭也。』補音阻力切。『吴』字从之。此下譌从『矢』，據宋本正。注『矢』亦當作『夨』。『共』當从大徐本作『嵍』。」馬校：「凡『吴』宋本皆如此作，局俱作『吳』，不成字。惟此處注作『吴』，不誤。」姚校：「宋本『吳』作『吴』，『矢』作『夨』。」按：潭州本、金州本作「吴」，从口、矢，未當。

[一三三] 明州本、潭州本、金州本、毛鈔、錢鈔「齬」字作「齬」。錢校同。

[一三四] 明州本、毛鈔、錢鈔注「鋙」字作「鋘」。龐校、錢校同。馬校：「『鋘』，局作『鋙』，誤。」姚校：「宋本作『鋘』。韓校同。」

[一三四] 明州本、錢鈔「琝」字作「珙」，注作「珸」。錢校同。馬校：「『珸』，局誤『琝』，『琝』又『珙』之俗。」姚校：「『珙』，宋本作『珙』。韓校同。」

[一三五] 方校：「案：『蕭』譌从竹，據《説文》正。」按：明州本、潭州本、金州本、毛鈔、錢鈔注「籲」字作「蕭」。龐校、錢校同。姚校：「宋本『籲』作『蕭』。」按：明州本、潭州本、金州本、毛鈔、錢鈔从艹，是。

[一三六] 明州本、錢鈔「艅」字作「艅」。錢校同。姚校：「宋本作『艅』。韓校同。」

[一三七] 明州本、錢鈔「峿」字作「峿」。錢校同。姚校：「宋本作『峿』。韓校同。」

[一三八] 明州本、錢鈔「猤」字作「猤」。錢校同。姚校：「宋本作『猤』。韓校同。」

[一三九] 明州本、錢鈔「鼳」字作「鼳」。錢校同。姚校：「宋本作『鼳』。韓校同。」

[一四〇] 明州本、潭州本、金州本、毛鈔、錢鈔注「人」字作「从」。錢校同。是。

[一四一] 陳校：「『地』當作『池』。」方校：「案：《類篇》『地』作『池』。」

[一四二] 李校：「貽案：『頋』，《玉篇》、《廣韻》不收，當是『頨』字之譌。《説文》：『頭頨頨大也。』」按：《類篇・頁部》收此字。《玉篇・頁部》：「頋，五孤切，大頭也。」是字書亦有收此字者，不宜遽定爲譌字。

[一四三] 方校：「案：『鳥』係『烏』字之譌。《類篇》『盱』作『吁』，誤。『[illegible]』、『紷』二徐本並作『[illegible]』、『[illegible]』，今據正。」按：明州本、毛鈔、錢鈔「[illegible]」作「[illegible]」。姚校：「宋本篆體作『[illegible]』。韓校同。」又明州本、毛鈔「紷」字作「[illegible]」，錢校作「[illegible]」。

[一四四] 明州本、金州本、毛鈔、錢鈔注「干」字作「于」。韓校、龐校、錢校同。方校：「案：『于』譌『干』，據宋本及本文正。」馬校：「『于』，局誤『干』。」姚校：「宋本『干』作『于』，是。覲元案：此字今本已正。」

[一四五] 方校：「案：大徐本『塗』作『涂』。此从小徐。『杇』譌『柧』，據二徐本正。嚴氏所見宋本作『釫』，亦誤。」按：明州本、毛鈔、錢鈔注「杇」作「杇」，「梌」字作「梌」。錢校同。馬校：「第二『杇』字，宋誤。宋作『梌』，局作『梌』，『梌』之俗。」按：錢鈔注「圬」誤作「圬」。姚校：「宋本『杇』作『杇』，『梌』作『梌』。韓校同。」

［一四六］方校：「案：《類篇》『柹』作『秭』，『柹』、『秭』竝俗，據《説文》當作『𣏕』。」

［一四七］余校：「《説文》無『挽』字，『向』作『鄉』。」方校同。

［一四八］余校：「『呴也』作『相就』。」方校：「案：《類篇》同，二徐本竝作『口相就』。」

［一四九］明州本、毛鈔、錢鈔「雩」字作「雽」。韓校、龐校、錢校同。方校：「案：宋本『雩』作『雽』，非。」

［一五〇］方校：「案：『刃』當从《類篇》作『刀』。」

十二齊

［一］毛鈔「亝」作「斉」。方校：「案：《説文》『亝』作『𠅚』，『亝』當从宋本改『斉』。」馬校：「『斉』，局作『亝』，不成字。」姚校：「韓校『亝』作『斉』。」

［二］方校：「案：《説文》『臍』作『齎』。《類篇》正文及注竝同。當據正。」

［三］明州本、潭州本、金州本、錢鈔「䶒」字作「䶒」。錢校同。姚校：「宋本作『䶒』，少一畫。」

［四］明州本、潭州本、金州本、錢鈔「齏」字作「齏」。錢校同。姚校：「宋本作『齏』，少一畫。」

［五］明州本、毛鈔「䶑」字作「䶑」。余校、龐校、錢校同。方校：「案：宋本及《類篇》『䶑』作『䶑』。又《列子》『屆』作『䶑』。《類篇》同。」姚校：「宋本作『䶑』。韓校同。」

［六］方校：「案：『翦』譌『前』，據《爾雅·釋言》正。《類篇》『刢』作『刢』。」衛校同。馬校：「『刢』，局作『刢』，其大字作『刢』。」

［七］方校：「汪氏云：『《説文》作㔤，此當以㔤爲正。』」

［八］方校：「汪氏云：『《説文》：棲，西或从木妻。是亦西字重文。』」

［九］方校：「案：注『鳴』譌『嘶』，據《類篇》正。」按：明州本、潭州本、金州本、錢鈔注「鳴」字亦作「嘶」。

［一〇］明州本「澌」字作「澌」，注「冰」字作「水」。錢校同。姚校：「宋本『澌』作『澌』，从水。『冰』作『水』。」龐校：「宋本作『澌，流水』。按：『澌』字見下『㾺』字重文，不應一紐兩見。考《類篇》『澌』下山宜切，流冰；『澌』下先齊切無注。疑宋本譌也。」按：潭州本、金州本、毛鈔並作「澌」，訓流冰。

［一一］方校：「案：『烴』譌从糸，據《類篇》正。」按：明州本、潭州本、金州本、毛鈔、錢鈔注「經」字正作「烴」。馬校、錢校同。姚校：「宋本『經』作『烴』。呂云：『經宜作烴。』」

［一二］方校：「案：《説文》作『𧫷』从言，斯省聲。此不省，非是。」

［一三］明州本、毛鈔、錢鈔注無「皃」字。龐校、錢校同。按：潭州本、金州本有「皃」字。馬校：「局刻『盛』下有『皃』字，宋本脱。」

［一四］明州本、潭州本、毛鈔、錢鈔「䴠」字少一筆。金州本作「䴠」，少兩筆。

［一五］方校：「案：『鷖』譌『鷵』，《類篇》同，據《廣雅·釋鳥》正。《玉篇》：鶈鷖，東夷鳥名。」按：明州本、潭州本、金州本、毛鈔、錢鈔注皆作「鷵」。

［一六］明州本、錢鈔注「猨」字作「偎」。錢校同。按：潭州本、金州本、毛鈔作「猨」。馬校：「『偏』，宋誤，局作『猵』。」按：明州本、潭州本、金州本、毛鈔、錢鈔注俱作「猵」，馬校不知何本。

［一七］方校：「案：段本及《類篇》同。『予』上毛本有『告』字，祁本作『若』，竝非。」

［一八］明州本、潭州本、金州本、毛鈔、錢鈔注「儕」字作「懠」。衛校、龐校、錢校同。方校：「案：『懠』譌从人，據宋本及《類篇》正。」姚校：「宋本『儕』作『懠』，是。呂云：『儕宜作懠。』」

［一九］明州本、毛鈔、錢鈔「鳖」字作「鳖」，「鼈」字作「鼈」，注「醯」作「醢」，「切」下有「爲」字。方校：「案：『切』下㚘『爲』字，據宋本及《周禮·醢人》注補。」馬校：「局脱『爲』字。」陸校同。馬校又云：「『鳖』，局誤『鳖』，注同。又：『鼈』，局作『鼈』，則與俗同矣。」姚校：「宋本『鳖』作『鳖』，从束。韓校同。又『鼈』作『鼈』，無中二畫。『醯』作『醢』，从盆。」

又『切』下有『爲』字。影宋本、韓校皆同。」

［二〇］明州本、錢鈔「鉥」字作「銇」。龐校、錢校同。姚校：「宋本作『銇』。」

［二一］方校：「案：今本《廣雅·釋詁二》作『姺娧』，王氏據此及《篇》、《韻》、《類篇》正。」

［二二］姚校：「余校：『移』作『移』，从禾。」

［二三］汪校：「『互』作『互』。」按：潭州本、金州本作「互」，明州本作「互」。

［二四］明州本、錢鈔注「俛」字作「俛」。錢校同。

［二五］姚校：「余校：『捎』作『指』。」陳校：「《廣韻》：揥，指也。」陳校蓋據《廣韻》。

［二六］姚校：「余校『綷』作『淬』，从氵。韓校同。」方校：「案：『淬』譌从糸，據二徐本正。」

［二七］明州本、潭州本、金州本、毛鈔、錢鈔注「歴」字作「曆」。錢校、姚校同。方校：「案：『曆』譌『歴』，據《玉篇》、《類篇》正。宋本下从日，亦誤。」馬校：「局刻避廟諱改作『歴』。」

［二八］明州本、毛鈔、錢鈔注「𩥇」字作「𩥇」。龐校、錢校同。

［二九］陳校：「『剄』當作『剄』。」

［三〇］余校：「『羊』上有『牝』字。」方校：「案：『羊』上奪『牝』字，據二徐本補。」

［三一］李校：「貽案：『騨』，《詩》釋文、《爾雅》釋文並作沱河反。《漢書·司馬相如傳》郭璞、顏籀並音顛。《玉篇》則大年、丁何二切，《廣韻》則都年一切，今乃沾入此韻，不知何據？」

［三二］方校：「案：毛本作『驢』，祁本作『鸝』。此正文及注異體，當依《類篇》並作『鸝』。」

［三三］明州本、潭州本、金州本、錢鈔注「笑」字作「笑」。錢校同。

［三四］明州本、潭州本、金州本、毛鈔、錢鈔注「領」字作「頟」。方校：「案：『頟』譌从名，據宋本及《說文》正。」

［三五］方校：「案：《廣雅·釋器上》『幱』作『幱』，今據正。」

［三六］明州本、錢鈔注「𨘢」字作「𨘢」。錢校同。金州本漫漶。方校：「案：『𨘢』譌『𨘢』，據《類篇》正。《說文》作『𨘢』。」

［三七］姚校：「吕云：『女宜作桋。』」按：《爾雅·釋木》：「女桑，桋桑。」郭注：「今俗呼桑樹小而條長者爲女桑樹。」釋文：「桋，大兮反。」此丁氏所本，不必改作「桋」。

［三八］明州本、毛鈔、錢鈔注「鐵」字作「鐵」。龐校、錢校同。潭州本、金州本作「鐵」。馬校：「『鐵』局作『鐵』，俗。案：《說文》古文『鐵』从夷，段注曰：『夷蓋弟之譌也。』」姚校：「宋本『鐵』作『鐵』。覲元案：此字今本已正。」

［三九］明州本、潭州本、金州本、毛鈔、錢鈔注「䨏」字作「䨏」。陸校、龐校、錢校同。方校：「案：『䨏』譌从雨，據宋本及《類篇》正。」姚校：「宋本『䨏』作『䨏』，从兩。韓校同。」

［四〇］方校：「案：《類篇》引《說文》『鶘』作『胡』，『汙』作『污』。」

［四一］方校：「案：《類篇》引同。《廣雅·釋鳥》『鳩』作『鴮』。」

［四二］明州本、潭州本、金州本、毛鈔、錢鈔注「鴉」字作「雅」，「眉」字作「肩」。陳校、陸校、龐校、錢校同。方校：「案：『雅』譌『鴉』，據宋本正。『眉』當从宋本及《廣雅·釋鳥》作『肩』。」馬校：「局『雅』誤『鴉』，『眉』誤『肩』。」姚校：「宋本『鴉』作『雅』。影宋本、余校、韓校皆同。又『眉』作『肩』。韓校同。」

［四三］明州本、錢鈔注「丈」字作「文」。龐校、錢校同。潭州本、金州本作「丈」。

［四四］明州本、金州本、毛鈔、錢鈔注「爲」字作「焉」。衛校、陳校、陸校、龐校、錢校同。丁據《山海經》改「焉」。方校：「案：『焉』譌『爲』，據宋本及卷五《中山經》正。畢云：『鰟，俗字，當作鯑。』」姚校：「宋本『爲』作『焉』。影宋本、余校、韓校同。」

［四五］明州本、錢鈔注「蟲」字作「蝱」。龐校、錢校同。潭州本、金州本作「蟲」。

［四六］方校：「案：《爾雅·釋艸》『蒚』作『蒚』，『其子蕿』作『其實媞』，《夏小正》作『緹』。」

［四七］馬校：「案：漢《地理志》漁揚郡虒奚，孟康音題。今本《志》誤作厗，厗爲唐厗石。」

［四八］陳校：「『𡍮』作『𡍮』，从丘。」

［四九］方校：「案：『祂』譌从示，據《類篇》正。」按：明州本、毛鈔、錢鈔「祂」字正作「祂」。韓校、龐校、錢校同。姚校：「影

宋本『祂』作『袘』，从衣，是。」

[五一] 明州本、錢鈔注「殷」字作「股」。錢校同。避諱字也。

[五二] 明州本、錢鈔注「薬」字作「蕠」。錢校同。姚校：「韓校『薬』作『蕠』。」

[五三] 明州本、潭州本、金州本、毛鈔、錢鈔注「匃」字作「匄」。錢校同。

[五四] 明州本、金州本、毛鈔、錢鈔「驟」字作「騋」。龐校、錢校同。方校：「案：依注説，則字當作『騋』，宋本不誤。」馬校：「局作『騋』，不成字。」姚校：「宋本『騋』作『騋』。韓校同。」

[五五] 馬校：「案：《説文》『秎』古文『利』字，故《爾雅》『山梨』本亦作『梨』。」

[五六] 明州本、錢鈔注「北」字作「比」。錢校同。誤。潭州本、金州本作「北」。

[五七] 明州本、毛鈔、錢鈔「禾」字作「禾」，注同。段校、龐校、錢校同。金州本作「禾」，注作「木」。方校：「案：正文『禾』及注文『木』皆譌『禾』，據宋本及《説文》正。」馬校：「『禾』，局誤『禾』。」姚校：「宋本正文『禾』作『禾』，是。影宋本、余校、韓校皆同。又余校注『禾』作『禾』。鈕校、韓校皆同。覲元案：正文今本已正。」

[五八] 方校：「案：『筸』字斷爛，據宋本及本文補。」按：顧氏重修本已補。

[五九] 方校：「案：王本《廣雅·釋詁一》於『掔』下補『堅』字。」

[六〇] 方校：「案：空處是『兩』字，據宋本及《周禮·夏官·大馭》注補。」按：顧氏重修本已補。

[六一] 方校：「案：大徐本『無』作『无』，此从小徐。二徐本『也』竝作『者』，今據正。『石』上當增一『从』字。」按：明州本、錢鈔「也」字作「者」，「石」上有「从」字。龐校、錢校同。姚校：「宋本『也』作『者』，『石』上有『从』字。」

[六二] 方校：「案：空處是『直』字，據《説文》補。」按：顧氏重修本已補。明州本、潭州本、金州本、毛鈔、錢鈔注「曰」下並有「直」字。

[六三] 方校：「案：『眉』从尸，旨聲，此从尼，从日，誤。『尻』舊譌『尻』，段氏據此及《類篇》正。」馬校：「『尻』當爲『尻』，宋

亦誤。」姚校：「影宋本『尻』作『尻』，从九。」段校、顧校、陸校同。

[六四] 方校：「案：王本《廣雅·釋器上》作『䗁』、『蛈』。」

[六五] 明州本、錢鈔注三「以」字作「从」。錢校同。馬校：「『从鬻』、『从酒』二『从』字宋本誤，局俱作『以』是也。『从鬻、酒，並省』，『从』不誤，局作『以』非也。」姚校：「宋本三『以』字皆作『从』。余校、韓校皆同。影宋本末『以』字作『从』。覲元案：影宋本是。」

[六六] 曹本無「喜笑」、「止」三字。明州本、潭州本、金州本、毛鈔、錢鈔注有。顧氏重修本已補。

[六七] 方校：「案：『亏』譌『兮』，據《説文》正。」按：明州本、錢鈔注「兮」字正作「亏」。錢校同。

[六八] 方校：「案：『何』譌『阿』，據《小爾雅·廣言》正。」按：明州本、毛鈔、錢鈔注「阿」字正作「何」。陸校、龐校、錢校同。

馬校：「『何』，局誤『阿』。」姚校：「宋本『阿』作『何』，是。」

[六九] 方校：「案：『貉』譌从馬，據《説文》正。」按：明州本、錢鈔注「駱」字作「貉」。龐校、錢校同。姚校：「宋本『駱』作『貉』，是。」

[七〇] 方校：「案：『諆』譌『諆』，據《類篇》正。」按：明州本、毛鈔、錢鈔「諆」作「譊」，注同。又注「訽」字作「詾」。龐校、錢校同。姚校：「宋本『諆』作『譊』，『訽』作『詾』。」段云：「『宜作諆。』」覲元案：「『詾』字今本已正。」

[七一] 馬校：「案：《春官·巾車》鄭司農注『緊讀爲鳧鷖之鷖』，蓋緊、鷖並殹聲也。『赤』，《玉篇》作『青』，《廣韻》亦作『赤』。云詞者，《左傳》、《國語》皆以『緊』爲語詞。通作『伊』。《毛詩·雄雉》、《蒹葭》、《東山》、《正月》之『伊』，箋並云：『當作緊，猶是也。』宣二年《左傳》『自詒伊戚』，《邶風》疏引作『緊』。《集韻》『緊』下當補『伊』字。」

[七二] 方校：「案：《説文》『戟』作『戟』。『緇』上有『色』字。《玉篇·糸部》：『緊，於兮切，青黑緇。』段據此謂『赤』當作『青』。」

[七三] 方校：「案：『次』譌『次』，據《類篇》『袼』注正。『褩』注與此同誤。」按：明州本、錢鈔注「次」正作「次」。龐校、錢校同。姚校：「段云：『宜作次。』」潭州本、毛鈔作「次」，故馬校云：「『次』當爲『次』，宋亦誤。」

[七四] 明州本、潭州本、毛鈔、錢鈔注「欵」字作「欸」。韓校、龐校、錢校同。金州本作「欸」，當是壞字。方校：「案：『欸』譌『欵』，據宋本及《方言》十正。」

[七五] 方校：「案：《釋名》『人』下有『也』字。」

[七六] 明州本、潭州本、金州本、毛鈔、錢鈔「礐」字作「礐」。錢校同。

[七七] 明州本、潭州本、金州本、錢鈔「㓾」、「㓾」作「㓾」、「㓾」。龐校、錢校同。姚校：「宋本作『㓾』、『㓾』，从刀。」

[七八] 余校：「『嫛』下有『婗』字。」方校：「案：『嫛』下奪『婗』字，據《説文》補。」

[七九] 明州本、錢鈔注無「赤」字。龐校、錢校同。姚校：「宋本無『赤』字。」

[八〇] 方校：「案：此見《前漢書・地理志》。《類篇》『是』作『氏』，誤。」陳校、李校同。

[八一] 方校：「案：『地』譌『也』，據《類篇》正。」按：明州本、毛鈔、錢鈔注『也』字正作『地』。丁校、龐校、錢校同。馬校：「『地』，局誤『也』。」姚校：「宋本『也』作『地』。」余校同。鈕云：「『也宜作地。』」

[八二] 明州本、毛鈔、錢鈔「罣」字作「䍜」。馬校同。方校：「案：『罣』，《類篇》同。據字當从宋本作『䍜』。圭紐字皆从『圭』得聲也。」姚校：「影宋本作『䍜』，从圭，是。」

[八三] 明州本、錢鈔注「𠕁」字作「冊」。錢校同。毛鈔作「冊」。陸校同。姚校：「宋本『𠕁』作『冊』，影宋本作『冊』，余校作『䊄』。」又明州本、潭州本、金州本、毛鈔、錢鈔注「又」字作「叉」。方校：「案：『冊』，大徐本及《類篇》作『䊄』，小徐本作『𠕁』，宋本作『冊』。『又』，二徐本竝作『叉』，宋本同。段氏校本作『𠕁叉』。」

[八四] 方校：「案：《釋艸》無『也』字。」

[八五] 明州本、錢鈔注「其」字作「具」，誤。潭州本、金州本、毛鈔作「其」，與《釋名・釋衣服》合。

[八六] 明州本、錢鈔注「姑」字作「如」。龐校、錢校同。姚校：「宋本『姑』作『如』。」按：潭州本、金州本、毛鈔作「姑」，與《爾雅・釋草》合，不誤。

[八七] 姚校：「余校：『畦』作『圭』。」

[八八] 明州本、潭州本、金州本、毛鈔、錢鈔注「耳」字作「目」。馬校、錢校同。陳校：「《廣韻》引《説文》『目少精也』。『耳』當作『目』，『聽』當作『視』。」方校：「案：《易・睽卦》釋文引作『目不相視』，盧氏云：『作視乃妄人所改。聽者，順從之意。』此『目』譌『耳』，據宋本及《説文》正。《類篇》不誤。」姚校：「宋本『耳』作『目』。影宋本、余校、韓校皆同。段云：『葉氏影鈔宋本《釋文》亦作目。』」

[八九] 《方言》見第六。「聧」字作「䏾」。

[九〇] 衛校：「『叶』作『吁』。」方校：「案：『吁』譌『叶』，據《類篇》正。」

[九一] 方校：「案：《類篇》『搏』作『摶』。」

[九二] 方校：「案：『曹』譌『曹』，據《類篇》正。」按：潭州本、金州本「曹」字正作「曹」。

[九三] 明州本、毛鈔、錢鈔注「䑣」字作「䑣」。龐校、錢校同。姚校：「宋本『䑣』作『䑣』，从月。」

[九四] 方校：「案：『巂』上从屮，下从冏，此作『巂』，誤。《爾雅》注以巂周爲燕別名，二徐本『周』上無『巂』字，乃讀連篆文之證。」某氏曰：「《爾雅》孫注及舍人注皆以巂周爲燕別名，《説文》同。上本有『巂』字，丁氏刪去，殊失句讀。」

[九五] 方校：「案：『其』作『具』，誤。」按：明州本、潭州本、金州本、毛鈔、錢鈔注「具」字正作「其」。衛校、馬校、丁校、陸校、龐校、錢校同。姚校：「宋本『具』作『其』。余校、韓校皆同。」

[九六] 明州本、毛鈔、錢鈔「螋」字作「螋」。陳校、龐校、姚校、錢校同。馬校：「『螋』，局作『螋』，注同。」

[九七] 明州本、潭州本、金州本、毛鈔、錢鈔注「党」字作「黨」。汪校、陳校、馬校、龐校、錢校同。方校：「案：『黨』譌『党』，據宋本及《説文》正。『刺』當从《周禮・春官・眡祲》注作『剌』。」姚校：「宋本『党』作『黨』。」鈕校、余校、韓校同。吕校：「『剌作剌。』」

[九八] 方校：「案：『削』譌『削』，據《廣雅・釋言》及《類篇》正。」按：明州本、錢鈔注「削」字作「削」。姚校：「宋本『削』作『削』。」

[九九] 明州本、錢鈔「矙」字作「矙」。錢校同。姚校：「宋本作『矙』，省中。」毛本白塗改

[一〇〇] 方校：「案：『毒』字《類篇》入《毋部》，此从『毋』，非。曹刻亦多誤，蓋失於校正也。」

[一〇一] 方校：「案：《説文》『綑』作『緉』，《廣韻》同，此與《類篇》竝誤。」按：明州本、錢鈔注「綑」正作「緉」。陳校、錢校同。姚校：「宋本『綑』作『緉』，从山。余校同。鈕云：『綑疑緉。』」

[一〇二] 《説文·目部》此字重文爲：「昚，眄目在下。」《類篇·目部》作「昚」。疑此「昪」字誤。

[一〇三] 方校：「案：『自』譌『目』，據《類篇》正。」按：明州本、潭州本、金州本、毛鈔、錢鈔注「目」字正作「自」。馬校、龐校、錢校同。姚校：「宋本『目』作『自』，是。吕校同。」

[一〇四] 方校：「案：《類篇·火部》『䆘』作『熛』。」

[一〇五] 明州本、錢鈔注「空」字作「切」。龐校、錢校同。毛鈔白塗改「空」。按：「空」字是。潭州本、金州本俱作「空」，不誤。

[一〇六] 明州本、錢鈔注「秐」字作「板」。龐校、錢校同。毛鈔作「柾」，潭州本、金州本作「柉」。方校：「案：『柾』譌『秐』，據宋本及《説文》正。」馬校：「『柾』，局誤『秐』。」姚校：「宋本『秐』作『板』。影宋本作『柾』，是。余校、韓校皆同。」

[一〇七] 方校：「案：『妣』譌从比，據《廣雅·釋詁二》及《類篇》正。」按：明州本、潭州本、金州本、毛鈔、錢鈔注「妣」字正作「妣」。陳校、龐校、錢校同。姚校：「宋本『妣』作『妣』，从此。」

[一〇八] 明州本、潭州本、金州本、錢鈔「狴」字作「猏」。龐校同。

[一〇九] 方校：「案：《類篇》同。宋本『横』作『禨』，誤。」按：毛鈔作「横」。

[一一〇] 明州本、錢鈔注「豣」字作「豜」。龐校、錢校同。姚校：「宋本『豣』作『豜』。」毛鈔白塗改「豣」。

[一一一] 余校「峬」改「峬」。

[一一二] 明州本、錢鈔注「手」字作「千」。錢校同。誤。潭州本、金州本、毛鈔作「手」，不誤。又方校：「案：『手』上奪『反』字，據《説文》補。」姚校：「余校『手』上有『反』字。」龐校同。

[一一三] 孫詒讓校：「詒讓案：校語奪。《方言》九鎌作鐮。」陳凖校：「稿本作：『鐮譌鎌』，據宋本及《方言》九正。」按：明州本、毛鈔、錢鈔注「鎌」字作「鐮」。韓校、錢校同。姚校：「宋本『鎌』作『鐮』。」

[一一四] 毛鈔「齜」作「𪘏」。馬校：「『𪘏』，宋少一畫，局作『齜』。」

[一一五] 明州本、潭州本、金州本、毛鈔、錢鈔注「傗」字作「榼」。汪校、衛校、丁校、錢校同。方校：「案：『榼』譌『傗』，據宋本及《説文》正。」姚校：「宋本『傗』作『榼』。影宋本、余校、韓校皆同。」

[一一六] 明州本、錢鈔注「蝦」字作「蛙」。錢校同。姚校：「宋本『蝦』作『蛙』。」按：「蛙」誤。潭州本、金州本作「蝦」。毛鈔白塗作「蝦」。

[一一七] 馬校：「『瞿』，局作『瞿』，俗。」

[一一八] 明州本、潭州本、金州本、錢鈔作「迷」。龐校、錢校同。姚校：「宋本作『迷』，从米。」

[一一九] 方校：「案：『蘗』當作『櫱』，《類篇》亦誤。」按：明州本、錢鈔注「蘗」作「櫱」。錢校同。姚校：「宋本『蘗』作『櫱』。」

[一二〇] 明州本、毛鈔、錢鈔「䞶」字作「䞶」。

[一二一] 明州本、毛鈔、錢鈔「𨘻」字作「䢸」，注「煤」作「媒」。潭州本、金州本注「煤」字作「媒」。衛校、丁校、陸校、龐校、錢校同。方校：「案：『䢸』譌『𨘻』，注『媒』譌『煤』，據宋本及《類篇·鹿部》正。」姚校：「宋本『𨘻』作『䢸』，又『煤』作『媒』，是。韓校、吕校皆同。」韓校：「『煤』作『媒』。」

[一二二] 方校：「案：《説文》作『䁹』，當以『䁹』爲正。《類篇》亦先『䁹』後『䁹』。」

[一二三] 明州本、毛鈔、錢鈔「㟼」字作「㟼」，注「弥」字作「弥」。龐校、錢校同。馬校：「『㟼』，局作『㟼』，注『弥』作『弥』。」

[一二四] 方校：「案：『嫛』譌从毆，據《類篇》及《禮記·雜記》注正。」按：明州本、毛鈔、錢鈔注「嫛」字作「嫛」，「皃」字作「也」。龐校、錢校同。姚校：「宋本『嫛』作『嫛』，『皃』作『也』。」

[一二五] 方校：「案：『箬』譌『笴』，據《類篇》正。」

［一二六］錢校：「『㦬』作『㦬』，注『迷』作『迷』。」

［一二七］陸校：「『何』作『阿』。」

［一二八］方校：「案：『㬰』譌『㬰』，據《説文》、《類篇》正。」按：明州本、毛鈔、錢鈔「㬰」字作「㬰」。余校同。

十三佳

［一］潭州本、金州本、毛鈔注「揔」字作「㹅」。馬校：「『㹅』，局誤『揔』。」

［二］明州本、錢鈔注「也」字作「名」。龐校、錢校同。姚校：「宋本『也』作『名』。」按：作「名」與《玉篇・山部》「嵠」字注同。

［三］「𥇣」字，方校：「案：《釋詁一》𡙇，王本據此補。」

［四］明州本、潭州本、金州本、毛鈔、錢鈔注「笑」字作「笑」。

［五］方校：「案：『諂』譌从舀，據《説文》、《玉篇》正。」

［六］毛鈔作「霂」。方校：「案：宋本作『霂』，亦誤。今从《類篇》定作『霂』。」按：明州本、潭州本、金州本、錢鈔「霂」字正作「霂」。錢校同。姚校：「宋本作『霂』。」

［七］明州本、毛鈔、錢鈔「嫷」字作「嫷」。陳校、陸校、龐校、錢校同。方校：「案：『嫷』譌『嫷』，據宋本及《説文》正。」馬校：「局作『嫷』，不成字。」姚校：「宋本『嫷』作『嫷』，从𦥷。」韓校同。段云：「『嫷宜作嫷。』」

［八］明州本、毛鈔、錢鈔「讗」字作「讗」。余校、陸校、錢校同。方校：「案：『讗』譌『讗』，據宋本及《類篇》正。」馬校：「局誤『讗』，注同。《廣韻》作『讗』。」姚校：「宋本『讗』作『讗』，从𦥷。」韓校同。

［九］毛鈔注「㛳」字作「㛳」。方校：「案：宋本『㛳』作『㛳』，《説文》有『㛳』無『㛳』，今據正。」按：明州本、潭州本、金州本、錢鈔「㛳」字作「㛳」。姚校：「宋本『㛳』作『㛳』。」韓校作「㛳」。」

［一〇］方校：「案：此本《説文》。《爾雅・釋畜》『黄』作『白』。郭注：『今之淺黄色者爲騧馬。』是爲二書作騧人也。」

［一一］方校：「案：《廣韻》『䔺』作『萃』，本書後文火鼃切亦與《廣韻》同。」

［一二］明州本、錢鈔注「跬」字作「眭」。錢校同。非是。潭州本、金州本、毛鈔作「跬」，與《方言》第十二同，當是。

［一三］明州本、毛鈔、錢鈔注「玉」字作「五」。龐校、錢校同。方校：「案：『五』譌『玉』，據宋本及《類篇》正。」馬校：「『五』，局誤『玉』。」姚校：「宋本『玉』作『五』。」韓校同。」按：五、玉聲類同，皆在疑紐。蓋明州本與潭州本、金州本所據底本不同，非誤字也。

［一四］方校：「案：『䈅』當从正文作『䈅』。《類篇》从手作『㨫』，亦誤。」按：明州本、金州本、毛鈔、錢鈔注「䈅」字正作「䈅」。段校、龐校、錢校同。馬校：「注『䈅』局誤作『䈅』，从禾。」姚校：「宋本『䈅』作『䈅』，从木，是。」韓校同。」

［一五］方校：「案：《類篇》『䆅』作『䆅』。」按：「䆅」爲「䆅」之重文，參見《支韻》斑縻切「䆅」字。

［一六］明州本、毛鈔、錢鈔注「墻」字作「墻」。龐校、錢校同。馬校：「局作『墻』，俗字。」姚校：「宋本作『墻』。」

［一七］方校：「案：『崽』上从中，此从山，誤。《廣韻》『彼』下有『之』字，《類篇》無。」

［一八］馬校：「凡从『叉』諸字，宋本皆如此作，局俱作『义』。」

［一九］明州本、毛鈔、錢鈔从「叉」之字並作「叉」。方校：「案：《説文》『叉』隸《又部》，則作『义』非是。凡从『叉』者，宋本皆不誤。」

［二〇］方校：「案：《説文》『差』作『𢀩』，『不』上又有『𢀩』字。」

［二一］明州本、潭州本、金州本、毛鈔、錢鈔注「稍」字作「稍」。衛校、龐校、錢校同。丁據《類篇》校作「稍」。方校：「案：『稍』譌从禾，據宋本及《類篇》正。」馬校：「『稍』，局誤『稍』。」姚校：「宋本『稍』作『稍』。」韓校同。」

［二二］明州本、毛鈔、錢鈔注「鞴」字作「鞴」。龐校、錢校同。非是。潭州本、金州本作「鞴」。又明州本、毛鈔、錢鈔注「釵」字作「釵」。姚校：「宋本作『釵』。」余校、韓校同。」

［二三］「頔」，衛校作「頷」。丁校據《廣韻》改「頔」作「頷」。方校：「案：『頔』譌『頔』，據《類篇》正。」按：明州本、毛鈔、錢

［二四］　鈔注「頠」字正作「頠」。姚校：「宋本『頠』作『頠』。」

［二五］　余校改「齡」作「齗」。

［二六］　方校：「案：《廣雅・釋詁二》『眥』作『眦』。」

［二七］　明州本、毛鈔、錢鈔「槎」字作「槎」。錢校同。馬校：「『槎』，局作『槎』，注同。」

［二八］　方校：「案：『二』當作『三』。」明州本、金州本、毛鈔、錢鈔注「攎」字作「櫨」，「二」字作「三」。龐校、錢校同。馬校：「『三』，局誤『二』。」姚校：「宋本『攎』作『櫨』，从木，『二』作『三』，是。」

［二九］　方校：「案：『尼』譌『居』，據《類篇》正。」

［三〇］　明州本、潭州本、金州本、毛鈔、錢鈔注「脫」下有「乳」字。段校、顧校、陸校、錢校同。方校：「案：宋本及《類篇》「脫」下並有「乳」字，今據補。」馬校：「局脱『乳』。」姚校：「宋本『脫』下有『乳』字。影宋本、韓校同。」

［三一］　明州本、潭州本、金州本、毛鈔、錢鈔注「莀」字作「莀」。錢校同。

［三二］　明州本、毛鈔、錢鈔注「戻」字作「废」。馬校：「局作『戻』，是也，『戻』、『废』正俗字。」

［三三］　明州本、錢鈔「自」字作「白」。錢校同。姚校：「宋本『自』作『白』。」按：非是。潭州本、金州本、《類篇》作「自」。

方校：「案：『人』譌『入』，據《類篇》正。」衛校、陳校、丁校同。

十四皆

［一］　潭州本、金州本、毛鈔注「皆」字作「皆」。龐校、錢校同。

［二］　明州本、金州本、毛鈔、錢鈔注「陛」字作「陛」。陳校、錢校同。方校：「案：『陛』譌『陛』，據宋本及《説文》正。」馬校：「『陛』，局誤『陛』。」姚校：「宋本『陛』作『陛』。」吕校、韓校同。」

［三］　方校：「案：『牡』譌『壯』，《類篇》同。據《廣韻》正。」按：潭州本、金州本、毛鈔注「壯」字正作「牡」。衛校、陸校、錢校同。馬校：「『牡』，局誤『壯』。」姚校：「影宋本『壯』作『牡』，是。」

［四］　方校：「案：《釋艸》音義：『蘼，郭音皆』。『光，本或作茪』。」

［五］　明州本、潭州本、金州本、毛鈔、錢鈔注「稾」字作「稾」。姚校：「宋本『稾』作『稾』。」韓校同。」

［六］　馬校：「『鳴』，局作『名』。」按：顧氏重修本作「鳴」。

［七］　《爾雅・釋鳥》：「鶅鶅，其雄鵲，牝庳。」注「鶅」下脱「鶅」字，當據補。

［八］　明州本、潭州本、毛鈔、錢鈔注「佳」字作「隹」。龐校、錢校同。姚校：「宋本『佳』作『隹』，是。」按：金州本此字殘缺破損。

［九］　衛校注「狗」字作「犳」。丁校同。姚校：「段云：『《廣雅》狗作犳。』」馬校：「『狗』，宋本亦誤。《廣韻》作『猥犳』。」方校：「案：《類篇》同。《廣韻》『狗』作『犳』，非。」

［一〇］　陳校：「『祴』，當从『示』旁，見《周禮》。祴，磚道也。」

［一一］　明州本、潭州本、金州本、毛鈔、錢鈔注「鄭」下有「康」字。汪校、陸校、龐校、錢校同。方校：「案：此見《考工記・匠人》注，『鄭』下奪『康』字，據宋本及《類篇》補。又鄭注『辟』作『甓』，當以此正之。」馬校：「『康』，局誤脱。」姚校：「宋本『成』上有『康』字，是。」余校、韓校皆同。」

［一二］　明州本、毛鈔、錢鈔注「甐」字作「瓾」。丁校、龐校、錢校同。姚校：「宋本『甐』作『瓾』。」方校：「案：《廣雅・釋詁三》『揩』下奪『揩』字，王本據此及《類篇》補。原本『摩』作『磨』，『摩』、『磨』古通用。『甐』係訓磨一則第六字，『揩』、『揩』係十三、十四字，此『甐』字當刪。」

［一三］　明州本、錢鈔注「推」字作「惟」。錢校同。姚校：「宋本『推』作『惟』，誤。」按：潭州本、金州本、毛鈔作「推」，與《廣韻》同。

［一四］　明州本、毛鈔、錢鈔「猿」字作「猿」。顧校、陸校、龐校、錢校同。馬校：「『猿』，局作『猿』。」姚校：「宋本『猿』作

『狼』，从良。影宋本同。」按：陳校：「𧙽，蔽草。从彳。」陳氏即據《廣韻・皆韻》户皆切立説。

[一五] 方校：「案：『𣪠』當从《類篇》作『𣪠』。」按：明州本、潭州本、金州本、毛鈔、錢鈔「𣪠」字正作「𣪠」。龐校、錢校同。馬校：「『𣪠』，局作『𣪠』，少一畫。」姚校：「宋本作『𣪠』。」

[一六] 方校：「案：《説文》作『𣲡』，隸作『𠈌』，上不从艸。此與下『𠆢』作『𠂉』同誤。」

[一七] 明州本、錢鈔注「扠」字作「攱」。錢校同。姚校：「宋本『扠』作『攱』。」

[一八] 余校：「『𠑽』、『𠑾』竝改从『九』。」

[一九] 明州本、毛鈔、錢鈔「傀」字作「傀」。

[二〇] 明州本、潭州本、金州本、毛鈔、錢鈔注「褭」字作「裹」。龐校、錢校同。姚校：「宋本『褭』作『裹』，从衣。」

[二一] 明州本、錢鈔「壞」字作「𡒄」。錢校同。方校：「案：『𡒄』，譌从土，據宋本及注文正。」姚校：「宋本『壞』作『𡒄』，韓校同。」觀元按：當作『𡒄』。」

[二二] 方校：「案：上『曰』字衍，據本書通例删。《類篇》『橐』字作『囊』。」

[二三] 方校：「案：『淮』从佳，誤。」

[二四] 明州本、潭州本、金州本、錢鈔注「柏」字作「栢」，「復」上「人」字作「大」。陸校、龐校、錢校同。方校：「案：注『大』譌『人』，據宋本及《漢書・地理志》正。」衛校「人」作「大」。丁校據《説文》《漢書・地理志》改「人」作「大」。馬校：「『栢』，局作『柏』。『大』誤『人』。」姚校：「宋本『人』作『大』，是。影宋本、余校皆同。」

[二五] 明州本、潭州本、金州本、毛鈔、錢鈔「褭」字作「裹」。錢校同。方校：「案：『裹』，據宋本及注文正。」姚校：「宋本作『裹』，从衣。」

[二六] 方校：「案：『江湘間』，《方言》十作『湘沅之會』，《類篇》作『江湖之間』。」

[二七] 方校：「案：《廣韻》作『䟊』，以『䟊』爲俗，非。《説文》有『䟊』無『䟊』，且字从徙得聲也。」

[二八] 明州本、錢鈔注「免」字作「色」。方校：「案：『色』譌『免』，據宋本及《類篇》正。」馬校同。姚校：「宋本『免』作『色』。韓校同。」

[二九] 方校：「案：宋本作『差』，凡偏旁作『差』者放此。」

[三〇] 馬校：「『羞』局作『羞』，下牀皆切同。」

[三一] 明州本、錢鈔「䫘」字作「䫘」。錢校同。

[三二] 方校：「案：『或』下奪『作』字，據《類篇》補。『鸞』當作『鸞』。」按：明州本、潭州本、金州本、錢鈔注「或」下正有「作」字。龐校、錢校同。姚校：「宋本『或』下有『作』字。」

[三三] 明州本、錢鈔注「衛」字作「衞」。錢校同。姚校：「宋本『衛』作『衞』，从帀。」

[三四] 方校：「案：《廣雅・釋器下》『簞』作『簞』，前《十三佳》『牌』注及《類篇》同，今正。」

[三五] 《廣雅・釋詁三》：「瓾、甄，磨也。」曹音叉皆。本書前《佳韻》初佳切有「瓾」字，《廣韻・佳韻》楚佳切同，下《麻韻》初加切亦有「瓾」字，皆在齒音。此音譔皆切，《類篇・瓦部》亦有，不知所出，待考。

[三六] 明州本、錢鈔注「忡」字作「艸」。按：「艸」在清紐，「忡」在徹紐，有齒音、舌音之別。《廣韻》此字丑皆切，在徹紐，當是。作「艸」誤。

[三七] 方校：「案：『尼』譌『足』，據《類篇》正。注説已見前。」按：明州本、金州本、毛鈔、錢鈔注「足」字正作「尼」。馬校、陸校、龐校、錢校同。姚校：「宋本『足』作『尼』。影宋本、韓校皆同。」

[三八] 明州本、毛鈔、錢鈔注「幢」字作「憧」。馬校、龐校、錢校同。姚校：「宋本『幢』作『憧』，从忄。韓校同。」

[三九] 方校：「案：『䫉』譌从百，據《類篇》及《廣韻》引《聲類》正。」按：明州本、錢鈔「䫉」字正作「䫉」，又「頟」字作「頟」。錢校同。馬校：「『䫉』，局誤『䫉』，《廣韻》作『䫉』。『頟』从各，局作『頟』，誤。」姚校：「宋本『䫉』作『䫉』。余校同。又『頟』作『頟』，余校作『頸』。」方校：「案：『頟』當从宋本作『頟』。」

[四〇] 方校：「案：《類篇》『瞟』作『瞟』。」

[四一] 明州本注「蘖」字作「蘗」。龐校、錢校同。姚校：「宋本『蘖』作『蘗』。」

［四二］　方校：「案：《方言》未見。」

［四三］　明州本、潭州本、金州本、毛鈔、錢鈔注「崇」字作「楚」。又明州本、金州本、毛鈔注「瓬」字作「甀」。龐校、錢校同。方校：「案：『楚』譌『崇』，『甀』譌『瓬』，據宋本及《類篇》正。」姚校：「宋本『崇』作『楚』，『瓬』作『甀』。韓校同。呂云：『瓬宜作甀。』」某氏校：「汪云：『崇懷見上，《類篇》作楚懷。甀譌瓬，以《五音集韻》校改。』」

［四四］　明州本、毛鈔、錢鈔「蓑」字作「蓑」。龐校、錢校同。馬校：「『蓑』，局作『蓑』，俗字。注並同。」

［四五］　明州本、毛鈔、錢鈔「毸」字作「毸」。龐校、錢校同。馬校：「『毸』，局作『毸』。凡『衰』局作『衺』，下並同。」

［四六］　許克勤校：「《康熙字典》『徍』下引《集韻》《類篇・彳部》同。《佳韻》於佳切：徍，徍徥，邪行皃。疑『行』上有脱文。」

［四七］　明州本、潭州本、金州本、毛鈔、錢鈔注「洼」字作「娃」。陸校、錢校同。姚校：「宋本『洼』作『娃』。余校作『性』。覲元案：作『娃』是。此字今本已正。」

［四八］　明州本、潭州本、金州本、毛鈔、錢鈔注「笑」字作「笑」。

十五灰

［一］　明州本、潭州本、金州本、毛鈔、錢鈔注「乂」字作「又」。陳校、陸校、龐校、錢校同。方校：「案：『又』譌『乂』，宋本亦譌『乂』，據《説文》正。」馬校：「第二『又』字局誤『乂』。」姚校：「宋本『乂』作『又』。余校同。」按：方氏所見宋本與蒙所見毛鈔不同。

［二］　明州本、潭州本、金州本、錢鈔「鼽」字作「鼿」。龐校、錢校同。毛鈔作「甈」。姚校：「宋本『鼽』作『鼿』。韓校作『鼿』。」方校：「案：『鼽』，《類篇》同。宋本从瓦作『鼿』，非。」

［三］　姚校：「余校『宂』並改从『九』。」

［四］　馬校：「『洃』，凡从『灰』之字皆如此，今『灰』、『灰』雜出。」

［五］　明州本、錢鈔注「溲」字作「溲」。龐校、錢校同。姚校：「宋本『溲』作『溲』，从冫。」

［六］　方校：「案：此見《考工記・車人》注釋文，劉音灰，『説』當作『讀』。」按：「灰」有誤，江氏有説。

［七］　明州本、錢鈔注「悝」字作「怛」。錢校同。非是。潭州本、金州本、毛鈔注作「悝」。《左傳・哀公十五年》正作「孔悝」。又，明州本、錢鈔大字作「悝」，亦误。

［八］　明州本、毛鈔、錢鈔注「人」字作「大」。余校、馬校、龐校、錢校同。方校：「案：『大』譌『人』，據宋本及《廣韻》正。」

［九］　明州本、毛鈔、錢鈔注「文」字作「侯」。衛校、馬校、龐校、錢校、許克勤校同。方校：「案：『侯』譌『文』，據宋本及《漢書・高祖功臣表》正。師古鄗音陪。」李校：「貽案：『鄗』，《説文》讀若陪，係鄉名。此云侯國，稽之漢《表》無之。《高惠功臣表》蒯城侯國，師古蒯音陪，知『蒯』即『鄗』字之譌。《史記》表中索隱音苦懷反，已成『蒯』字。幸北宋本猶未譌『鄗』爲『蒯』，侯國一注得以沿流泝源，則是本書未可輕也。」

［一〇］　明州本、毛鈔、錢鈔注「蓬」字作「篷」。韓校、龐校、錢校同。方校：「案：『篷』譌从艸，據宋本及《釋器上》正。」姚校：「宋本『蓬』作『篷』，从竹。」

［一一］　段校：「『阬』从尻聲，不得烏回切。」方校：「案：『阬』，釋文本作『鞫』，班《志》顔注引《韓詩》作『阸』。『阸』疑『阬』譌。今本作『隈』。釋文『隈，烏回切』，『鞫，九六切』，似非一字。」馬校：「案：『厓内爲隩，外爲隈』，《爾雅・釋丘》文。陸氏見《大雅》鄭箋有『水之外曰鞫』之語，故釋文改《爾雅》『外爲隈』作『外爲鞫』。孔氏《詩正義》引《爾雅》與釋文同。《詩》『芮鞫』，釋文云《韓詩》作『芮阬』。顔注漢《地理志》同『阬』，又作『埛』，用《周禮・職方氏》注。『阬』乃『鞫』之異文，非『隈』之别字也。丁氏既不知譌本《爾雅》之『隈』爲『鞫』，而又據《韓詩》之『鞫』爲『阬』，合併『隈』、『阬』爲一字，从九得聲，得有烏回一切乎？」

［一二］　方校：「案：『隩』譌『阻』，據《爾雅・釋丘》正。」按：明州本、錢鈔注「阻」字作「隩」。龐校、錢校同。姚校：「宋本『阻』作『隩』，是。」

［一三］馬校：「案：『𦪇』即『畏』之俗，《廣韻》有『𦪇』字而不收『畏』字，可謂不識古音。」

［一四］明州本、潭州本、金州本、毛鈔、錢鈔注「細」字作「紐」。段校、馬校、陸校、龐校、錢校同。方校：「案：『紐』譌『細』，據宋本及《類篇》正。」姚校：「宋本『細』作『紐』。韓校同。」

［一五］明州本、潭州本、金州本、毛鈔、錢鈔注上「嵬」字作「褢」。龐校、錢校同。方校：「案：『崴褢』之『褢』譌作『嵬』，據宋本及《類篇》正。」馬校：「『褢』，局作『嵬』，誤。」姚校：「宋本注上『嵬』字作『褢』。韓校同。」

［一六］方校：「案：『瓌』，《類篇》同。宋本作『瓌』，誤。」按：潭州本、金州本「瓌」字作「瓌」。

［一七］明州本、潭州本、金州本、毛鈔、錢鈔注「始」字作「姑」。龐校、錢校同。方校：「案：『始回』當从宋本及《類篇》、《韻會》作『姑回』。」姚校：「宋本『始』作『姑』。韓校同。」某氏校：「汪云：『當作姑回切。』」

［一八］明州本、潭州本、金州本、毛鈔注「筐」字作「筐」。錢校同。姚校：「宋本『筐』作『筐』，缺下筆。」按：錢鈔同顧氏重修本，缺中間一筆。

［一九］明州本「囘違」作「回違」。龐校、錢校同。姚校：「宋本作『回違』，影宋本『回』作『囘』，非。」方校：「案：古『回』字當从正文作『囘』。」馬校：「局作『囘』，注作『回』。又：『違』局作『違』，是也。注同。又：注『俗作廻』，『廻』局作『迴』。」

［二〇］明州本、錢鈔注「玟」字作「玫」。龐校、錢校同。姚校：「宋本『玟』作『玫』。」

［二一］陳校：「『也』當作『色』，見《玉篇》、《廣韻》。」

［二二］明州本、毛鈔、錢鈔注「官」字作「宮」。韓校、陸校、龐校、錢校同。方校：「案：『宮』譌『官』，據宋本及《爾雅·釋木》正。」馬校：「『宮』，局誤『官』。」姚校：「宋本『官』作『宮』，是。吕云：『官宜作宮。』」

［二三］陳校：「《廣韻》从犬。」方校：「案：《類篇》同。《篇》、《韻》『豾』竝作『狉』。」

［二四］按：《廣韻·賄韻》呼罪切：「䏲，䐚䏲，大腫兒。」《玉篇·肉部》：「䐚，火罪切，䏲䐚。」「䏲，都罪切，䏲䐚，大腫兒。」本書《賄韻》虎猥切：「䐚，䏲䐚，大腫。」又覩猥切：「䏲，䐚䏲，大腫。」疑注「腫大」二字當互乙。

［二五］明州本、毛鈔、錢鈔注「帆」下有「干」字。段校、韓校、陸校、龐校、錢校同。方校：「案：『帆』下奪『干』字，據宋本及《類篇》、《韻會》補。《廣韻》作『竿』，義同。」

［二六］方校：「案：『小』譌『以』，據《類篇》『磓』注、『硊』注正。」

［二七］段校：「宋大字本作『⿸广隹』，小字本作『⿸广𠈓』，未知孰是。」馬校：「宋大字本作『⿸广隹』，局刻同。《類篇·厂部》作『⿸厂隹』。『⿸广隹』，聚土；『⿸广隹』，从上傾下也。其義不同。」

［二八］姚校：「余校注『庳』作『⿸厂卑』，从厂。」

［二九］方校：「案：大徐本『從』作『从』，此本小徐。」

［三〇］方校：「案：『𠂤』譌『𠂤』，據《說文》正。」

［三一］方校：「案：『⿸厂隹』譌『⿸广隹』，據《類篇·厂部》正。《玉篇》『⿸厂隹』亦『堆』字。」按：錢鈔「⿸广隹」字正作「⿸厂隹」。明州本漫漶不清。

［三二］段校：「凡『享』、『敦』皆同唐人。」馬校：「『敦』，宋本『敦』字皆如此作，依唐人體也，局俱作『敦』。」

［三三］方校：「案：《說文》作『⿱𦎫金』，隸作『⿱敦金』，當以『鐓』爲正體。」

［三四］段校：「『母』作『毋』。」陸校同。馬校：「『毋』，局誤『母』。」

［三五］方校：「案：『⿰衤敦』譌从示，據《類篇·衣部》正。後徒回切同。」

［三六］方校：「案：『⿰面古』譌从古，據《類篇》正。《類篇·面部》有『⿰面古』，無『⿰面古』。」

［三七］段校：「『鍜』宜作『鍛』。」方校：「案：『鍜』字當从《抱朴子·僊藥卷》作『鍛』。」馬校：「當爲『鍛』，从段聲，不从叚聲，宋亦誤。」

［三八］明州本、潭州本、金州本、毛鈔、錢鈔「屡」字作「㞂」。陸校、龐校、錢校同。方校：「案：『屡』當作『㞂』，《方言》四注：『㞂，他回反。』字或作『屡』，音同。則當以『㞂』爲正。」馬校：「局作『屡』，不成字。」姚校：「宋本『屡』作『㞂』，是。余校注『㞂』作『屡』，非。韓校同。」

［三九］明州本、潭州本、金州本、毛鈔、錢鈔注「讉」字作「讉」。陸校、錢校同。段校：「宋本亦作『江』，《方言注》作『汝』。」方校：「案：江南，宋本同。《方言》三注作『汝南』。注『讉』譌从遣，《類篇》竝譌作『譴』，據宋本正。」馬校：「『江南』當作『汝南』，宋亦誤。注『讉』，局誤『讉』，見《方言注》。」姚校：「宋本『讉』作『讉』。韓校同。」

［四〇］方校：「案：二徐本『墜』竝作『隊』。」

［四一］明州本、毛鈔、錢鈔「禭」字作「禭」。段校、龐校同。馬校：「『禭』，局作『禭』，从示，非。」

［四二］明州本、錢鈔注「蕢」字作「蕢」，「從」作「从」。龐校、錢校同。方校：「案：宋本『蕢』作『蕢』，『從』作『从』，今據正。」姚校：「宋本『蕢』作『蕢』，『從』作『从』。韓校同。」

［四三］明州本、錢鈔注「頃」字作「順」。龐校、錢校同。方校：「案：『順』譌『頃』，據《類篇》及前《十四皆》呼乖切本字注正。」姚校：「宋本『頃』作『順』。」

［四四］衛校「弟」作「弟」。丁校據《莊子釋文》作「弟」，「窮」改「困」。方校：「案：此見《莊子・應帝王篇》。盧氏《釋文考證》：『弟』《正字通》作『弟』，後來字書因之，而於古文未有也。《列子・黃帝篇》作『茅』。注不字，殷敬順釋文同。或改『困』，非是。」

［四五］明州本、潭州本、金州本、毛鈔、錢鈔「隤」字作「隤」。汪校、陸校、龐校、錢校同。方校：「案：『隤』譌从責，據宋本及《類篇》正。」馬校：「局誤『隤』，《類篇》作『隤』。」姚校：「宋本『隤』作『隤』。」

［四六］明州本、毛鈔、錢鈔注「不」上有「疑」字。龐校、錢校同。方校：「案：『不』上奪『疑』字，據宋本及《類篇》補。」姚校：「宋本『不』上有『疑』字。韓校同。」

［四七］明州本、潭州本、金州本、毛鈔、錢鈔注「抆」字作「抆」。

［四八］明州本、潭州本、金州本、毛鈔、錢鈔注「抒」字作「手」。錢校同。方校：「案：『手』譌『抒』，據宋本正。」姚校：「宋本『抒』作『手』，是。影宋本、韓校皆同。」

［四九］明州本、錢鈔注「䨻」上無「䨻」字，「靁雷」二字作「古作䨻」。龐校、錢校同。

［五〇］明州本、錢鈔注「罍」字作「罍」。龐校、錢校同。方校：「案：『壘』下『罍』譌『罍』，據宋本正。《類篇》作『罍』，亦誤。」姚校：「宋本作『罍』，从缶。」丁校刪「罍」字。

［五一］明州本、潭州本、金州本、毛鈔、錢鈔注「穩」字作「穩」。汪校、段校、陸校、龐校、錢校同。方校：「案：『穩』當从宋本作『穩』。《廣韻》穩，屋脊也。」馬校：「『穩』，局从禾，作『穩』。」姚校：「宋本『穩』作『穩』，从木。」

［五二］明州本、毛鈔、錢鈔「褔」字作「褔」。韓校、錢校同。方校：「案：『褔』譌从示，據宋本及《類篇・衣部》正。」

［五三］明州本、毛鈔、錢鈔注「穌」字作「蘇」。段校、韓校、馬校、龐校、錢校同。方校：「案：宋本及《類篇》、《韻會》『穌』皆作『蘇』。」姚校：「宋本『穌』作『蘇』。」

［五四］明州本、潭州本、金州本、毛鈔「韉」字作「韉」。錢校同。姚校：「宋本作『韉』。」

［五五］方校：「案：此書凡从『衰』者皆譌『衺』，此作『衺』，尤誤。」按：明州本、潭州本、金州本、毛鈔、錢鈔注「蓑」字正作「蓑」。段校、龐校、錢校同。姚校：「宋本『蓑』作『蓑』。」

［五六］方校：「案：注『蘂』中譌从三『止』，據《類篇》及《文選・南都賦》正。」

［五七］明州本、毛鈔、錢鈔注「作萑」作「从崔」。龐校、錢校同。姚校：『宋本『作萑』作『从崔』。」

［五八］明州本、錢鈔「縗」字作「縗」。錢校同。

［五九］明州本、毛鈔、錢鈔注「引」下有「詩」字。龐校、錢校同。方校：「案：『引』下奪『詩』字，據宋本及《類篇》補。」姚校：「宋本『引』下有『詩』字，是。余校、韓校皆同。」

［六〇］明州本、毛鈔、錢鈔「縗」字作「縗」，「衰」字作「衰」，「褤」字作「褤」。注無「長」字，「榱」字作「褤」。龐校、錢校同。方校：「案：『褤』譌从木，據《類篇》及本文正。」姚校：「宋本『褤』作『褤』，無『長』字，注『榱』作『褤』。」

［六一］明州本、錢鈔注「萎」字作「垂」。龐校、錢校同。姚校：「宋本『萎』作『垂』。」按：《類篇・艸部》亦作「垂」。

［六二］明州本、錢鈔注無「也」字。龐校、錢校同。姚校：「宋本無『也』字。」

［六三］方校：「案：《類篇》、《韻會》竝徂回切，徂、昨同從母。」按：明州本、錢鈔注「昨」字作「徂」。錢校同。姚校：「宋本

作『徂』。」

［六四］明州本、毛鈔、錢鈔「凗」字作「⿰仌崔」，注「冫」字作「仌」。段校、陸校、龐校、錢校同。馬校：「局作『冫』，未變。」姚校：「宋本『冫』作『仌』，是。韓校同。」

［六五］明州本、潭州本、金州本、毛鈔、錢鈔注「山」字作「大」。龐校、錢校同。方校：「案：二徐本『山』作『大』，宋本同。今據正。」姚校：「宋本『山』作『大』。韓校同。」

［六六］段校：「宋本『籀』全書皆从木。」馬校：「『籀』局从扌作『籀』，宋本全書皆从木。」又潭州本、金州本注「又」字作「文」。韓校、錢校同。明州本「籀又作碓」作「碓亦書作嵟」。龐校、錢校同。錢鈔「嵟」作「峰」。蓋是誤字。

［六七］方校：「案：《說文》『樢』不从屮，《類篇》从㕯作『樢』，亦誤。」按：明州本、錢鈔「樢」字作「樢」。錢校同。姚校：「宋本作『樢』。」

［六八］明州本注「堆堆」作「堆堆」。龐校、錢校同。姚校：「宋本『堆堆』二字互倒。」錢鈔作「堆堆」，「土」字作「大」，並誤。

［六九］方校：「案：重文當作『⿷匚坙』，注『⿰⿷匚坙頁』譌从頡，據《說文》正。」按：明州本、潭州本、金州本、毛鈔「⿷匚坙」字作「⿷匚坙」。韓校、龐校、錢校同。「⿷匚坙」，錢鈔作「⿷匚酉」。

［七〇］明州本、毛鈔、錢鈔注「地」作「鄉」，「鄄」作「鄠」。段校、龐校、錢校同。馬校：「下蒲玫切『鄘』注《說文》右扶風鄠鄉，則局刻此處誤。」姚校：「宋本『地』作『鄉』，『鄄』作『鄠』。影宋本同。」某氏校：「注『地』改『鄉』，『鄄』改『鄠』，蓋本《說文》。」

［七一］潭州本、金州本、毛鈔「痞」字作「瘟」。段校、馬校、姚校同。又明州本、錢鈔注「弦」字作「結」。龐校、錢校同。姚校：「宋本『弦』作『結』。」方校：「案：《類篇》『瘟』作『痓』，『弦』作『結』，以《玉篇》『痓』訓癥結痛之義考之，當从《類篇》。」

［七二］方校：「案：『胚』譌『胚』，據《說文》正。」按：明州本、潭州本、金州本、毛鈔、錢鈔並作「胚」。錢校同。

［七三］明州本、潭州本、金州本、毛鈔、錢鈔注「盃」字作「盃」。方校：「案：『盃』當从宋本作『盃』，下从血。」

［七四］明州本、潭州本、金州本、毛鈔「坏」、「伓」、「⿰山不」作「坯」、「伾」、「岯」。龐校、錢校同。方校：「案：『坏』，《爾雅·釋山》作『坯』，今據正。『伓』、『⿰山不』，正文與注異體，據《爾雅》釋文、《廣韻》、《類篇》及宋本參校，當从注文。」姚校：「宋本作『坯』、『伾』、『岯』，皆从丕。韓校同。」

［七五］潭州本、金州本「沛」字作「沸」，不成字。

［七六］明州本、毛鈔、錢鈔「丙」字作「⿵冂从」，注「肉」字作「肉」。錢校同。

［七七］明州本、毛鈔、錢鈔「妄」字作「⿱士女」。段校、陸校、龐校、錢校同。陳校：「从士，同『毐』。」方校：「案：『⿱士女』譌『妄』，據宋本正。『⿱士女』乃『毐』之或體，《類篇·毋部》『毐』下失收。」姚校：「宋本作『⿱士女』，是。影宋本、韓校皆同。」

［七八］方校：「案：《說文》作『裵』，當以『裴』爲或體。」

［七九］方校：「案：《類篇》『徊』作『佪』，今據正。」

［八〇］明州本、毛鈔、錢鈔注「古」字作「右」。段校、馬校、錢校同。方校：「案：『右』譌『古』，據宋本及《說文》正。」丁校據《漢書》改「古」爲「右」。姚校：「宋本作『右』。余校、韓校同。」

［八一］余校改注「毛羽」爲「鳳舞」。姚校：「宋本『毛羽』作『鳳舞』。」按：明州本、潭州本、金州本此處俱作「毛羽皃」，姚校不知何據。

［八二］方校：「案：『負』上譌从力，據《類篇》正。」

［八三］方校：「案：『穴』譌『六』，據《莊子·庚桑楚篇》正。」按：明州本、金州本、毛鈔、錢鈔注「六」字正作「穴」。段校、衛校、陸校、馬校、龐校、錢校同。丁校據《莊子》改「六」爲「穴」。姚校：「宋本『六』作『穴』，是。影宋本、韓校皆同。」

［八四］明州本、毛鈔、錢鈔注「謨」字作「謀」。馬校、龐校、錢校同。方校：「案：宋本及《韻會》『謨』作『謀』。《類篇》與此同。『謀』、『謨』同明母。」姚校：「宋本『謨』作『謀』。韓校同。」

［八五］明州本、毛鈔、錢鈔注「柟」字作「枏」。段校、馬校、龐校、錢校同。又明州本、潭州本、金州本、毛鈔、錢鈔注「禖」字作「楳」。馬校、龐校、錢校同。方校：「案：『枏』譌从冄，『楳』譌从示，據宋本及《說文》正。」姚校：「宋本『柟』作

『枏』，是。影宋本、韓校皆同。『褋』作『楪』，亦是。韓校同。」

［八六］明州本、金州本、毛鈔、錢鈔注「大」字作「犬」。龐校、錢校同。姚校：「宋本『大』作『犬』，是。」按：今本《説文・金部》「鏀」篆注作「大」。又明州本、潭州本、金州本、毛鈔、錢鈔注「瑣」字作「瑣」。

［八七］方校：「案：二徐本『罔』竝作『网』。」

［八八］方校：「案：『酒』譌『海』，據《廣韻》、《類篇》正。」按：明州本、潭州本、金州本、毛鈔、錢鈔注「海」字正作「酒」。衛校、陳校、龐校、錢校同。丁校據《莊子》改「海」爲「酒」。姚校：「宋本『海』作『酒』，是。吕云：『海宜作酒。』」

［八九］方校：「案：《類篇》『毒』作『毒』，『毒』作『毒』爲是。」

［九〇］方校：「案：『踶』譌『踶』，據《類篇》正。」按：明州本、錢鈔「踶」字作「踶」，毛鈔作「踶」。龐校、錢校同。姚校：「宋本『踶』作『踶』。」

十六咍

［一］明州本、錢鈔注「蚩」字作「蚩」。龐校、錢校同。潭州本、金州本、毛鈔作「蚩」。段校同。方校：「案：『蚩』當作『蚩』。」馬校：「『蚩』从屮，局作『蚩』，不成字。」

［二］段校：「『改』作『改』。」馬校：「局作『改』，注同。宋本誤也。」

［三］陳校：「『改』，《説文》从攴，从辰巳之『巳』，作『改』。剛卯也。一曰笑聲。『敪改』當从攵。」方校：「案：《説文》、《玉篇》皆無『改』字。《類篇》作『改』，入《自部》，尤誤。」

［四］明州本、潭州本、金州本、毛鈔、錢鈔注「開」字作「開」。顧校、龐校、錢校同。方校：「案：《説文》『開』，古作『[illegible]』。此作『開』，誤。注云『古作開』，則仍是俗隸，殆傳録之譌也。」馬校：「注『開』，局誤『開』，其大字作『開』。」

［五］方校：「案：《類篇》『改』作『改』，爲是。」按：《類篇》作「改」。

［六］方校：「案：《廣雅・釋言》：『備、晐，咸也。』無『皆』字。」

［七］吕校：「『牙』上增『鰓』字。」

［八］馬校：「案：《説文》核，古哀切，此本音也。《禮記・曲禮》及《詩・小雅》皆以『核』爲『覈』字，故《玉篇》有爲革、户骨二切。《廣韻》收《麥韻》，不收於《咍韻》。《集韻》之『核』亦非『覈』。」

［九］明州本、毛鈔、錢鈔注「音」字作「奇」，「脉」字作「脈」。龐校、錢校同。方校：「案：『奇』譌『音』，據宋本及《史記・倉公傳》正。『脉』當从《類篇》作『脈』。」馬校：「『奇』，局誤『音』。『脈』、『脉』古今字。」姚校：「宋本『音』作『奇』。」韓校同。又『脉』作『脈』。」

［一〇］明州本、毛鈔、錢鈔注「渏」字作「陭」，「𢫦」字作「梯」。衛校、馬校、龐校、錢校同。方校：「案：『陭』譌『渏』，『梯』譌『𢫦』，據宋本及《方言》十三郭注正。」丁校據《方言》改「渏」作「陭」。韓校「渏」作「陭」。陸校「𢫦」作「梯」。姚校：「宋本『渏』作『陭』，『𢫦』作『梯』。吕云：『渏宜作陭。』」

［一一］明州本、潭州本、金州本、毛鈔、錢鈔注「没」字作「殁」。

［一二］明州本、潭州本、金州本、毛鈔、錢鈔注「皃」字作「皃」。龐校、錢校同。姚校：「宋本『皃』作『皃』，是。」

［一三］明州本、錢鈔注「顊」字作「頜」。龐校、錢校同。姚校：「宋本『顊』作『頜』。」

［一四］方校：「案：《説文》作『馬，从馬，一絆其足，讀若弦，一讀若環』。小徐本『弦』作『絃』，葢『絃』字之誤。此與《類篇》作『馽』，音孩，未詳。」馬校：「案：『馽』即《説文》『馬』字，讀若弦，譌入《咍》，去聲《霰韻》有『馽』。」

［一五］韓校正文「畡」字作「畡」。

［一六］毛鈔注「麋」字作「麋」。姚校：「影宋本『麋』作『麋』，非。」按：明州本、潭州本、金州本、錢鈔注俱作「麋」。又明州本、潭州本、金州本、毛鈔、錢鈔注「瑰」字作「塊」。顧校、陸校、馬校、龐校、錢校同。丁校據《類篇》改「塊」。方校：「案：『塊』譌『瑰』，據宋本及《類篇》正。」姚校：「宋本『瑰』作『塊』，是。影宋本、韓校皆同。」

〔一七〕　明州本、毛鈔、錢鈔「毐」字作「妛」。段校、錢校同。陳校：「从士。」方校：「案：《説文》『毐』上从士，下从毋。此从土、毋，非。『妛』亦當从宋本作『毐』。」馬校：「二字皆从士，宋亦誤。」姚校：「宋本『妛』作『毐』，从士。影宋本同。」

〔一八〕　余校、陳校注「皃」字作「白」。方校：「案：『白』譌『皃』。據《説文》正。」

〔一九〕　明州本、錢鈔注「治」字作「名」。龐校、錢校同。姚校：「宋本『治』作『名』。」按：《説文》作「治」。潭州本、金州本作「治」。毛鈔白塗改「治」。當以作「治」爲是。

〔二〇〕　明州本、毛鈔、錢鈔注「䯴」字作「䯴」。龐校、錢校同。姚校：「宋本『䯴』作『䯴』，从肙。」按：潭州本、金州本注作「䯴」，誤。

〔二一〕　某氏引汪小米曰：「上云《博雅》蛸蟹，雄曰蜋螘。此『壯』字疑『牡』字之誤。」方校：「案：『牡』譌『壯』，據《類篇》正。」姚校：「吕云：『壯宜作牡。』」

〔二二〕　明州本、錢鈔注「失」字作「大」。龐校、錢校同。非是。潭州本、金州本作「失」。毛鈔白塗作「失」，與《類篇》同。

〔二三〕　明州本、潭州本、金州本、毛鈔、錢鈔注「鐮」字作「鎌」。龐校、錢校同。方校：「案：『鎌』譌『鐮』，據宋本及《説文》正。」姚校：「宋本『鐮』作『鎌』。余校、韓校同。」

〔二四〕　方校：「案：『埶』譌『埶』，據《説文》、《類篇》正。」按：明州本、毛鈔、錢鈔从「埶」之字均作「埶」。龐校、錢校同。

〔二五〕　方校：「案：《類篇》本字注『曰』上有『一』字，『珆』下有『也』字，非是。」

〔二六〕　明州本、潭州本、金州本、毛鈔、錢鈔「臺」字作「臺」。段校、龐校同。與《類篇・土部》合。

〔二七〕　明州本、毛鈔、錢鈔注「遅」字作「遅」。龐校同。金州本漫漶不清。

〔二八〕　方校：「案：大徐本『也』作『名』。此與《類篇》竝从小徐。」

〔二九〕　明州本、金州本、錢鈔注「踏」字作「踏」。錢校同。潭州本漫漶。姚校：「宋本『踏』作『踏』，是。韓校同。覲元案：此字今本已正。」

〔三〇〕　明州本、潭州本、金州本、毛鈔、錢鈔注「馬」字作「鳥」。汪校、馬校、龐校、錢校同。方校：「案：『鳥』譌『馬』，據宋本及《廣韻》正。」姚校：「宋本『馬』作『鳥』。余校、韓校同。」

〔三一〕　明州本、潭州本注「軌」字作「軓」。

〔三二〕　明州本、毛鈔、錢鈔注「咍」字作「唸」。錢校同。姚校：「宋本『咍』作『唸』。」按：《玉篇・口部》：「嚍，他亥切，嚍唸，言不正。」《廣韻・海韻》：「嚍，嚍唸，言不止也。」疑「唸嚍」二字當互倒。

〔三三〕　明州本、毛鈔、錢鈔注「足」下有「能」字。段校、陸校、馬校、龐校、錢校同。方校：「案：『足』下奪『能』字，據宋本及《爾雅・釋魚》補。」姚校：「宋本『足』下有『能』字。影宋本、韓校皆同。」

〔三四〕　明州本、錢鈔注「熱」字作「熱」。龐校同。

〔三五〕　明州本、潭州本、金州本、毛鈔、錢鈔注「或」作「古」。汪校、龐校、錢校同。方校：「案：『束』譌『束』，據《説文》正。宋本『或』作『古』，非是。」姚校：「宋本『或』作『古』。韓校同。」按：作「古」亦可通。

〔三六〕　明州本、錢鈔注「鼇」字作「鼇」。龐校、錢校同。姚校：「宋本『鼇』作『鼇』。」

〔三七〕　毛鈔「鼇」字作「鼇」。龐校、錢校同。姚校：「宋本『鼇』作『鼇』。」

〔三八〕　毛鈔注「場」字作「場」。顧校、陸校同。姚校：「影宋本『場』作『場』，从易。」

〔三九〕　明州本、潭州本、金州本、毛鈔、錢鈔注「熒」字作「熒」。陸校、馬校、龐校、錢校同。方校：「案：宋本及《類篇》『熒』作『熒』。」

〔四〇〕　方校：「案：《説文》及《類篇》『強』竝作『彊』，今據正。」

〔四一〕　方校：「案：木上《類篇》有『棶椋』二字，今據補。」按：《廣韻》：「棶，棶椋，木名。」

〔四二〕　李校：「貽案：《史記・樊噲傳》：『從攻雍斄城。』裴駰曰：『音胎。』小司馬曰：『即后稷所封。』是當入湯來切。」

〔四三〕　余校：「『粭』作『粭』。」陳校：「《篇海》从台。」

〔四四〕　明州本、潭州本、金州本、毛鈔、錢鈔注「囟」字作「肉」。陸校、馬校、龐校、錢校同。方校：「案：『肉』譌『囟』，據宋本及《韻會》正。」姚校：「宋本『囟』作『肉』，是。影宋本、韓校皆同。」某氏校：「『顋』俗無从囟者，惟从肉作『腮』者爲多耳，當改正。《韻會》引此之『俗从囟』，非。」

[四五]　明州本、潭州本、金州本、毛鈔、錢鈔注「來」字作「才」。陸校、馬校、龐校、錢校同。方校：「案：猜紐七字，宋本及《類篇》、《韻會》竝倉才切，今據正。」姚校：「宋本『來』作『才』，是。影宋本、韓校皆同。」

[四六]　明州本、毛鈔、錢鈔注「間」字作「閒」。龐校同。

[四七]　方校：「案：大徐本『從』作『从』，此與小徐本同。」

[四八]　明州本、毛鈔「𢦏」字作「𢦒」。龐校、錢校同。「姚校：宋本作『𢦒』，从才。」

[四九]　明州本、毛鈔、錢鈔注「殖」字作「菹」。馬校：「『菹』，宋本誤，局作『殖』。」

[五〇]　方校：「案：盧本《方言》十三『麴』作『麳』。」參見下牆來切「麳」字。

[五一]　衛校：「《說文》本作『洝』。」丁校：「《漢書》『洝』作『洝』。此承俗本《漢書》及顏師古之說。」方校：「案：《說文》『洝』作『洝』。段氏據此及《漢書·地理志》蜀郡下師古注正。《廣韻》『洝』作『溅』，亦誤。」

[五二]　方校：「案：《廣雅·釋詁一》作『𢦔』。」

[五三]　明州本、錢鈔注「拎」字作「扲」。錢校同。陳校：「『業』作『業』。」

[五四]　方校：「案：二徐本無『生』字。《廣韻》、《類篇》、《韻會》同。今據刪。」

[五五]　明州本、錢鈔注「梃」字作「挺」。龐校、錢校同。姚校：「宋本『梃』作『挺』，从手。」

[五六]　陳校：「『蔽』作『蔽』。」方校：「案：『蔽』譌作『蔽』，據《廣雅·釋艸》正。」

[五七]　明州本、潭州本、金州本、毛鈔、錢鈔注「弁」下有「上」字。馬校、龐校、錢校同。方校：「案：『弁』下奪『上』字，據宋本及《爾雅·釋器》補。」姚校：「宋本『弁』下有『上』字。韓校同。」按：上文將來切「𢦏」字注正有「上」字。

[五八]　潭州本、金州本作「劯」。毛鈔作「杤」。馬校：「宋本从木，非也。此字从才聲。局作『扐』，又誤。案：此與『杤』漢侯國名異字。」按：細審顧氏重修本此字作「劯」，从才，馬校非。姚校：「影宋本作『杤』，从木。段云：『从木非也，此字从才聲。』」

[五九]　李校：「《爾雅》釋文：『坏，韋昭音軏。』則韋固讀『坏』爲『軏』，非作『坏』爲『軏』，當仍作『坏』，下著曰韋昭讀而已。遽以『軏』易『坏』，未達韋氏之旨矣。」方校：「案：《釋山》音義韋昭『坏』音『軏』，非作『軏』也，此誤。正文『坏』當从注文作『坯』。《爾雅》、《類篇》皆可證。《說文》則从不作『坏』。」按：明州本、潭州本、金州本、毛鈔、錢鈔注「坏」字正作「坯」。龐校、錢校同。姚校：「宋本『坏』作『坯』。」

[六〇]　方校：「案：《廣韻》作『棓』，誤。棓生見《漢書·袁盎傳》。」

[六一]　按：前《灰韻》蒲枚切注「阿」字作「河」。

[六二]　明州本、潭州本、金州本、毛鈔、錢鈔「頥」、「叵」作「頤」、「叵」。段校、龐校、錢校同。馬校：「『頤』、『叵』，此正體也。局从俗作『頥』、『叵』。」

十七真

[一]　明州本、潭州本、金州本、毛鈔、錢鈔「䀎」字作「䀎」。龐校、錢校同。馬校：「凡从『辰』諸字，宋本皆如此作，局俱作『辰』。」

[二]　明州本、錢鈔注「眎」字作「珎」。錢校同。

[三]　明州本、毛鈔、錢鈔「甄」字作「甄」。

[四]　姚校：「韓校正文『甄』作『甄』。」按：作「甄」則與上文重複，蒙所見韓校本未見此條。

[五]　方校：「案：王本《廣雅·釋室》『竈埃謂之』下空一字，本句讀與此同。」

[六]　衛校：「《博雅》無『碏』字。」丁校同。段校：「『碏』作『碻』。」陳校、陸校、馬校同。方校：「案：《廣雅·釋室》無『碏』

字，王氏據此及《類篇》、《文選·西京》、《景福殿》二賦注補『碢』字於『磋』字下。『碢』音昔，字因譌『碏』，今正。」

［七］潭州本、金州本、毛鈔「毋」字作「毌」。馬校：「『毌』，宋誤，局作『毋』。」按：明州本、錢鈔注並作「毋」。

［八］明州本、毛鈔、錢鈔注「鶡」字作「鷊」，錢校同。姚校：「宋本『鶡』作『鷊』，韓校作『鷊』。」

［九］明州本、毛鈔、錢鈔注「飲」字作「飤」。龐校、錢校同。方校：「案：句見《方言》五，盧校本『飲』作『飤』，云：『古飼字，舊作飲，非。』宋本及《類篇》、《韻會》均不誤。」姚校：「宋本『飲』作『飤』。韓校同。」

［一〇］明州本、潭州本、金州本、毛鈔、錢鈔「謹」字作「謹」。錢校同。姚校：「韓校作『謹』。」

［一一］明州本、錢鈔注「敬」字作「敀」。

［一二］段校：「『行』字衍。」陸校同。方校：「珪案：『駗』凡八音，知鄰、離珍、丑忍三切竝云『馬載重難也』。知忍切『馬重也』。陟刃切『馬載重行也』。株倫、止忍二切與此之人切訓同，『皃』作『也』，今悉仍之。」馬校：「『行』衍字，宋亦誤。下知鄰、離珍兩切作『馬載重難也』，可證。」

［一三］明州本、毛鈔、錢鈔「□」、「昌」兩字作「□」、「昌」。馬校、龐校、姚校、錢校同。方校：「案：『□』當从宋本及《類篇》作『□』，中不斷。又『昌』譌『昌』，依二徐本訂。」

［一四］明州本、毛鈔、錢鈔注「外」字作「升」。余校、段校、衛校、丁校、龐校、錢校同。方校：「案：『升』譌『外』，據宋本正。」按：潭州本、金州本、毛鈔作「外」。韓校、陸校同。「升」字或體也。

［一五］段校：「『臼』作『臼』。」方校：「案：『臼』譌『臼』，『餔』譌『晡』，並依二徐本訂。」按：明州本、潭州本、金州本、毛鈔、錢鈔注「臼」字正作「臼」。馬校同。

［一六］方校：「案：《説文·又部》作『叟』，从𦥑，古文『申』。此参隸體，當从《類篇》作『曳』。」按：明州本、錢鈔「叟」字正作「叟」。錢校、姚校同。段校作「叟」。陸校同。馬校：「『叟』當爲『叟』，宋本亦誤。案：《説文·又部》：『叟，伸也。从又，𦥑聲。𦥑，古文申。』唯《集韻》據《説文》引不云『伸』爲異。」按：《説文》大徐本作「引也」，段注依宋本作「伸也」。

［一七］方校：「案：小徐本與此同，大徐本『躳』作『船』。」按：明州本、錢鈔「躳」字正作「船」。龐校同。

［一八］明州本、潭州本、金州本、毛鈔、錢鈔注「馬」字作「鳥」。龐校、錢校同。方校：「案：『鳥』譌『馬』，據宋本及《廣韻》正。」馬校：「『鳥』，局誤『馬』。」姚校：「宋本『馬』作『鳥』，是。韓校同。」

［一九］明州本、潭州本、金州本、毛鈔、錢鈔注「弊」字作「獘」。龐校、錢校同。馬校：「『獘』，局作『弊』，『獘』、『弊』古今字。」

［二〇］方校：「案：《廣雅·釋器上》『裀』、『衻』、『襦』三字皆从衣，『裀』下『衻』上有『袾』字。」按：明州本、毛鈔、錢鈔注三字正从衣。龐校、錢校同。姚校：「宋本『襦』字作『襦』。余校同。」

［二一］方校：「案：注文不誤，《類篇》亦可證。」按：明州本、毛鈔、錢鈔「㥲」字正作「㥲」，與注文同。龐校、錢校同。姚校：「宋本作『㥲』。」

［二二］明州本、錢鈔注「辰」字作「㢩」。潭州本、金州本作「𠂎」。毛鈔作「辰」。馬校、陸校、龐校、錢校同。方校：「案：《説文》『雷』作『靁』。『古作辰』之『辰』，當从宋本及正文作『辰』。」姚校：「宋本注下『辰』作『辰』，是。韓校同。」

［二三］段校：「『辳』係籀文『農』，非『晨』字，此誤收。」方校：「案：『晨』上譌从臼，據《説文》正。『辳』乃籀文『農』，非『晨』字籀文。」

［二四］明州本、毛鈔、錢鈔注「時」下無「也」字。「𠁁」字作「𠃛」，「辳」作「辳」。方校：「案：宋本『時』下『也』上誤衍『辰』字。」姚校：「宋本『時』下無『也』字，『𠁁』字作『𠃛』，『辳』作『辳』。韓校『也辰』二字互倒。」

［二五］明州本、毛鈔、錢鈔注「達」字作「逵」。衛校、龐校、錢校同。丁校據《説文》改「達」爲「逵」。方校：「案：『逵』譌『達』，據宋本及《説文》正。」姚校：「宋本『達』作『逵』。韓校同。呂云：『達宜改逵。』」

［二六］明州本、錢鈔注「脣」字作「昬」。龐校、錢校同。姚校：「宋本『脣』作『昬』，从曰。」

［二七］方校：「案：『裖』當从《類篇》及正文作『㫳』。」按：明州本、毛鈔、錢鈔注「裖」字正作「㫳」。段校、顧校、衛校、龐校、錢校同。丁校據《類篇》作「㫳」。馬校：「注『裖』，局誤从衤。」姚校：「宋本『裖』作『㫳』，是。余校同。」

［二八］錢鈔注「小」字作「山」。余校「小阜」作「水𠂤」。姚校引余校同。按：卷子本《玉篇·阜部》：「陙，時均反，小阜也。」

［二九］《玉篇·阜部》：「陙，時均切，小阜也。」此似據《玉篇》，不必如余校改。

［三〇］明州本、潭州本、金州本、毛鈔、錢鈔注「乘」字作「乗」。

［三一］明州本「晨」字作「晨」。馬校、龐校、錢校同。陳校：「《類篇》从臼。」姚校：「宋本作『晨』，影宋本作『晨』。」

［三二］方校：「案：大徐本『奇』字下有『人也』二字，小徐本有『人』無『也』。毛氏《增韻》云：『禿』、『亮』从儿，俗作几非。」

［三三］段校：「『禾』改『米』，《玉篇》『欲結米』。」馬校、陸校同。

［三四］毛鈔「辛」字上無圈。明州本、潭州本、金州本、錢鈔有。馬校：「『辛』，此字上當加圈，宋本無，局本有。」

［三五］明州本、潭州本、金州本、毛鈔、錢鈔注「熟」字作「孰」。陸校、龐校、錢校同。馬校：「『孰』，局作『熟』，俗。」姚校：「宋本『熟』作『孰』。韓校同。」

［三六］方校：「案：『也又』二字衍。」

［三七］陳校：「案：《廣雅》作『案』。」按：《廣雅》無「案」字，「親」作「親」。

［三八］明州本、潭州本、金州本、毛鈔、錢鈔注「渡」上有「水」字。龐校、錢校同。方校：「案：『渡』上奪『水』字。據宋本及《説文》補。」姚校：「宋本『渡』上有『水』字。韓校同。」

［三九］陳校：「『肆飾』，《説文》作『聿飾』。」方校：「案：『聿飾』譌『肆飾』，據《説文》正。」馬校：「『當作『聿飾』，宋亦誤。」

［四〇］方校：「案：《廣韻》『盡』作『濜』，《類篇》作『盡』，據字既从血，則當作『盡』。『盡』、『濜』、『盡』，各書竝譌。」按：明州本、潭州本、金州本、毛鈔、錢鈔注「盡」字作「盡」。龐校、錢校同。姚校：「宋本『盡』作『盡』。」

［四一］明州本、毛鈔、錢鈔「鑫」字作「鑫」。龐校、錢校同。方校：「案：『鑫』譌『鑫』。據《類篇》正。宋本上从今，亦誤。」《五音集韻·真韻》作「鑫」。馬校：「『鑫』，局作『鑫』，注同。」姚校：「宋本『鑫』作『鑫』。韓校同。段云：『鑫宜作鑫。』觀元案：宋本改『収』，是矣。改『仌』爲『今』亦誤。段説是。」

［四一］明州本、毛鈔、錢鈔「晨」上有「嫀」字並注「女字」二字。龐校、錢校同。方校：「案：『榛』下『晨』上宋本有此三字，今補以足秦紐文九之數。」馬校：「此字併注局刻脱去。慈鄰切文九，宋本有之，是也。」姚校：「宋本『榛』字下多此

一條。」

［四二］明州本、錢鈔「繽」字作「繽」。龐校、錢校同。姚校：「宋本『繽』作『繽』，非。」

［四三］明州本、毛鈔、錢鈔「闠」字作「闠」。龐校、錢校同。方校：「案：『闠』字見《門部》，『从門，賓省聲』。《類篇》載温公語亦曰『闠當作闠』。此作『闠』，誤从門。當依宋本作『从門』。」馬校：「『闠』，局誤从門，注亦誤。」姚校：「宋本『闠』作『闠』，『門』作『門』，是。影宋本、余校、韓校皆同。」

［四四］方校：「汪氏云：『《説文》作賓，當以賓爲正。』」

［四五］余校「導」作「遵」。

［四六］方校：「案：『賓』上奪『接』字，據《禮運》『儐鬼神』疏補。」

［四七］《方言》第十二：「顮，懣也。」郭注：「謂憒懣也。音頻。」疑注「憒」字下脱「懣」字。

［四八］明州本、錢鈔「頢」字作「頻」，「佳」字作「厓」。龐校、錢校同。方校：「案：『頢』當作『頻』，注『厓』譌『佳』，據宋本及《毛詩·采蘋》傳正。」馬校：「當爲『頻』，局誤『頢』，注亦誤。」姚校：「宋本『頢』作『頻』，『佳』作『厓』。余校『佳』作『涯』。」

［四九］明州本、毛鈔、錢鈔注「苔」字作「苔」，「蛙」字作「蛙」。韓校、陸校、龐校、錢校同。丁校據《玉篇》作「苔」。方校：「案：『苔』譌『苔』，『蛙』譌『蛙』，據宋本正。《莊子·至樂篇》『蛙』作『鼃』。」姚校：「宋本『苔』作『苔』，『蛙』作『蛙』，是。影宋本同。余校『苔』作『苔』。」

［五〇］方校：「案：『頻』譌『頻』，據《説文》正。」按：明州本、錢鈔「頻」字作「頻」。龐校、錢校同。姚校：「宋本『頻』作『頻』。」

［五一］明州本、潭州本、金州本、毛鈔、錢鈔注「涉」下有「水」字。馬校、龐校、錢校同。方校：「案：『涉』下奪『水』字，據宋本及《説文》正。《説文》『顰』亦作『顰』。」姚校：「宋本『涉』下有『水』字，是。韓校同。」

［五二］明州本、錢鈔注「弘」字作「弘」，毛鈔作「弘」，「从」字作「以」。龐校、錢校同。馬校：「『以』，宋誤，局作『从』。」

〔五三〕姚校：「『弜』作『弜』，是。余校同。又『从』作『以』，誤。韓校同。」

〔五四〕潭州本、金州本注下「玭」字作「玼」，似爲壞字。

〔五五〕明州本、毛鈔、錢鈔注「萍」字作「蓱」。方校：「案：大徐本作『蓱』，宋本同。此同小徐。」姚校：「宋本『萍』作『蓱』，韓校同。」

〔五五〕方校：「案：『擣』譌从木，據《玉篇》、《類篇》正。」按：明州本、毛鈔、錢鈔注「檮」字正作「擣」。衛校、龐校、錢校同。丁校據《玉篇》作「擣」。姚校：「宋本『檮』作『擣』，从扌。余校同。覲元案：此字今本已正。」

〔五六〕明州本、錢鈔「負」字作「負」，龐校、錢校同。汪校改从「力」。按：此爲「負」之俗字，不必改。

〔五七〕明州本、錢鈔「[illegible]」、「兇」作「[illegible]」、「兇」。馬校、龐校、錢校同。方校：「案：古文『民』，大徐本作『[illegible]』，小徐本作『[illegible]』，段校改『[illegible]』，無作『[illegible]』者。《類篇》作『[illegible]』，亦誤。」姚校：「宋本作『[illegible]』、『兇』。影宋本作『[illegible]』。韓校同。」

〔五八〕方校：「案：《說文》『萠』作『岷』。段氏據此及《類篇》、《韻會》正。」按：明州本、錢鈔「萠」作「蔤」。龐校、錢校同。

〔五九〕方校：「案：《說文・旻部》『閺』中从目从攴，此譌从『旻』，下『暋』注并譌从『旻』，今竝校正。」按：明州本、錢鈔「閺」字作「閺」。龐校、錢校同。馬校：「『閺』，局作『閺』，少一畫。下眉貧切注同。」姚校：「宋本作『閺』，韓校作『閺』。段云：『宜作閺。』」

〔六〇〕明州本、錢鈔注「閺」字作「閺」。顧校、陸校同。姚校：「宋本、韓校竝同『閺』。」

〔六一〕明州本、毛鈔、錢鈔注「旗」字作「旗」，「弧」下有「也」字。韓校、龐校、錢校同。方校：「案：『旗』譌从箕，據宋本及《玉篇》、《類篇》正。宋本『弧』下有『也』字。」馬校：「『旗』，局誤『旗』，又脱『也』字。」姚校：「宋本『旗』作『旗』，『弧』下有『也』字。」

〔六二〕方校：「案：二徐本『俗』上竝有『民』字，《類篇》無。」

〔六三〕方校：「案：『欨』譌从攴，據《類篇・欠部》正。」按：明州本、潭州本、金州本、毛鈔、錢鈔注「敃」字正作「欨」。龐校、錢校同。姚校：「宋本『敃』作『欨』，从欠。」

〔六四〕方校：「汪氏云：『此及搢、鷐三字，《說文》竝从昏，與緍、鍲同。』」

〔六五〕方校：「案：大徐本《虫部》『種』作『蟁』，此从小徐。」

〔六六〕明州本、潭州本、金州本、毛鈔、錢鈔「暋」字作「暋」，除金州本外諸本注均作「暋」。韓校、馬校、龐校、錢校同。方校：「案：宋本『暋』作『暋』。」姚校：「宋本『暋』从民。」

〔六七〕方校：「案：《類篇》『暋』作『敃』，與注文合，今據正。」

〔六八〕明州本、毛鈔注「彼」字作「被」。汪校、陸校、馬校、龐校、錢校同。方校：「案：『被』譌『彼』，據宋本及《說文》正。」姚校：「宋本『彼』作『被』。余校、韓校皆同。呂云：『彼宜作被。』」許克勤校：「勤按：《方言》六：『吴越之間脱衣相被謂之緍。』此譌爲『彼』。」按：潭州本、金州本、錢鈔注「彼」作「被」，當是壞字。

〔六九〕明州本、錢鈔注上「緍」字作「緡」。錢校同。姚校：「宋本注『緍』作『緡』。」

〔七〇〕陳校：「鍲，《廣韻》从昏。」方校：「案：《廣雅・釋詁二》『鍲』作『鍲』。」

〔七一〕方校：「罠，案：今本奪。王本《釋器上》『罠、罟，兔罟也』下據此坿録謂『彘』字衍。」

〔七二〕毛鈔「蠠」字作「蠠」。姚校：「影宋本正文作『蠠』。」

〔七三〕明州本、毛鈔、錢鈔注「昬」字作「蟁」。陳校、陸校、馬校、龐校、錢校同。姚校：「宋本『昬』作『蟁』。影宋本、余校、韓校皆同。」

〔七四〕方校：「案：『鶻』，《說文》作『鶻』。《山海經・二西山經》作『鴖』。注引二書而不收『鶻』、『鴖』，何也？『䳟』當从《類篇》及本文作『鶻』。」

〔七五〕明州本、潭州本、金州本、毛鈔、錢鈔「苠」字作「笢」。陸校、馬校、龐校、錢校同。方校：「案：『笢』譌从艸，據宋本及《說文》正。」姚校：「宋本作『笢』，从竹。影宋本、韓校皆同。」

〔七六〕方校：「案：卷四《東山經》『涺』作『滑』。」

〔七七〕明州本、毛鈔、錢鈔注「地」字作「池」。段校、陸校、馬校、龐校、錢校同。丁校據《類篇》作「池」。方校：「案：『池』譌

『地』,據宋本正。《説文・𠂤部》古文『⿰自甫』作『□』,『□』,古文『申』字。」姚校:「宋本『地』作『池』,是。影宋本、韓校同。」

[七八] 陳校:「『敶』,《玉篇》作『軙』,从車。」

[七九] 方校:「案:籀文當从大徐本《説文》作『□』,小徐本作『□』,省文耳。古文,《類篇》作『□』,存參。」

[八〇] 明州本、毛鈔、錢鈔『□』、『□』作『□』、『□』。龐校、錢校同。姚校:「宋本作『□』、『□』。韓校作『□』、『□』。」

[八一] 方校:「案:《説文》作『□』,隸作『鄰』。此『粦』上加丿,非。重文作『隣』,俗作『隣』,尤誤。」馬校:「『鄰』、『隣』,局俱从粦,誤俗。」姚校:「余校作『鄰』、『隣』。」

[八二] 明州本、錢鈔『骶』字作『骶』,注『牝』字作『壯』。龐校、錢校同。

[八三] 明州本、錢鈔『端』上重『角』字。龐校:「『角』下重一『角』字。」錢校同。毛鈔空一格。馬校:「宋本『角』下空格,局連不空。」姚校:「宋本『端』上重『角』字。韓校空一格。」

[八四] 方校:「案:『斑』譌『班』,據《爾雅・釋畜》郭注正。」

[八五] 明州本、錢鈔注『几』字作『几』。龐校、錢校同。姚校:「宋本『几』作『几』。」按:《山海經・中山經》作『几』。

[八六] 按:注『首』字《山海經・中山經》作『頭』。

[八七] 方校:「案:此齊、魯二家《詩》也,《毛詩》作『令』,《韓詩》作『泠』。」丁校同。

[八八] 方校:「案:『鶩』譌从敕,據《説文》正。」

[八九] 方校:「案:大徐本及《類篇》引同。小徐本『牝』作『牡』,段氏从之。」

[九〇] 姚校:「吕云:《玉篇》、《廣韻》並作『鴝鵒』。」

十八諄

[一] 方校:「案:『譚』當作『諄』。『諄』是《説文》本字,當以爲正。」按:明州本、錢鈔『諄』字作『譚』。龐校、錢校同。

[二] 明州本、潭州本、金州本、毛鈔、錢鈔注『須』字作『頯』。馬校、龐校、錢校同。方校:「案:『頯』譌『須』,據宋本及《説文》正。」姚校:「宋本『須』作『頯』,是。影宋本、余校、韓校皆同。覲元案:『屯』字从一。一,地也。此誤作丿,宋本不誤,下並同。」

[三] 方校:「案:『蒖』下譌从具,據《類篇》正。」按:明州本、毛鈔、錢鈔『蒖』字作『蒖』。陸校、錢校同。

[四] 方校:「案:《廣雅・釋詁四》『焞』作『燉』。」

[五] 方校:「案:二徐本『鷻』竝作『雗』。」

[六] 姚校:「宋本『小』作『水』。余校、韓校同。」檢諸宋本無作『水』者,姚校疑誤。《説文・𠂤部》『阢』篆注作『水𠂤』。則作『水』是,然非宋本作『水』也。

[七] 明州本、金州本、毛鈔、錢鈔注『恂』字作『㣟』。韓校、錢校同。方校:「案:『恂』譌『㣟』,據宋本及本文正。」

[八] 方校:「案:《類篇》『股』作『脛』。」按:《儀禮・少牢饋食禮》:「司馬升羊右胖,髀不升,肩臂臑膊骼。」鄭注:「膊骼,股骨。」似不必改『脛』。

[九] 陳校:「『菴』作『菴』。」方校:「案:『菴』譌从共,據《類篇》正。」

[一〇] 方校:「案:《類篇》『采』下有『成』字,今據正。」

[一一] 明州本、潭州本、金州本、毛鈔、錢鈔注『眞』字作『寘』。陸校、馬校、龐校、莫校、錢校同。方校:「案:『寘』譌『眞』,據宋本正。《説文》無『諸』字,當據此及《類篇》補。」姚校:「宋本『眞』作『寘』,是。韓校同。」

［一二］明州本、毛鈔、錢鈔注「遲」字作「遲」。韓校同。

［一三］方校：「案：『巡』譌从廴，據《類篇》正。」按：明州本、錢鈔注「廵」字正作「巡」。龐校、錢校同。

［一四］明州本、錢鈔「㽙」字作「帳」。錢校同。誤。按：潭州本、金州本作「㽙」。

［一五］姚校：「佘校作『水𠂤』。」按：作「水𠂤」與《説文》合。然諸本皆作「小阜」，是否别有所據，未可知也。

［一六］方校：「汪氏云：《莊廿八年》釋文：純，如字。《襄十八年》釋文：純，如字，又市荀反。此船倫切疑即市荀之音。陸氏反切與丁氏閒有出入也。」按：市在禪紐，船、禪不分爲南音，正音並不耳也。

［一七］明州本、潭州本、金州本、毛鈔、錢鈔注「雞」字作「鷄」。錢校同。

［一八］方校：「案：此係新坿字。」

［一九］明州本、潭州本、金州本、毛鈔、錢鈔注「懷」字作「慄」。馬校、陸校、龐校、錢校同。陳校：「『懷』，《類篇》作『慄』。」方校：「案：『心』字、『樂』字竝斷爛。『慄』譌『懷』，『通作洵』之『洵』譌『恂』，據宋本及《説文》、《詩·溱洧》釋文、《禮·大學》注疏正。」姚校：「宋本『懷』作『慄』，是。韓校同。影宋本亦作『慄』。段云：『是慄之誤。』」

［二〇］方校：「案：《類篇》同。二徐本『渦』作『過』。段氏據《水經·陰溝水注》改作『過水出也』。」姚校：「佘校『渦』作『過』。韓校同。」錢校作「過」。

［二一］方校：「案：《説文》『瑅』作『琪』。段氏據此及《類篇》正。『器也』二字，二徐本竝作『玉器』。《玉篇》引與此同。」

［二二］方校：「案：賈誼《過秦論》『遁巡而不敢進』，遁，師古音千旬反。」某氏校：「汪氏云：『《周禮·司士》注：皆逡遁。釋文：逡，七巡反，下音巡。遁乃巡之或字，非逡之或字也。』」

［二三］方校：「案：《説文》『墫』入《士部》，此从土，非。」

［二四］明州本、潭州本、金州本、毛鈔、錢鈔「僎」字作「僎」。龐校、錢校同。姚校：「宋本作『僎』，遵紐下同。」

［二五］明州本、潭州本、金州本、毛鈔、錢鈔「皴」字作「皴」，从夂，不从夕。方校：「案：此係新坿字。『細皮』，《類篇》同，大徐本作『皮細』。」

［二六］方校：「案：大徐本同。小徐本『䞭』作『速』，『逡』下疊『逡』字，段氏从之。」

［二七］明州本、潭州本、金州本、錢鈔「僎」字作「僎」。龐校、錢校同。

［二八］陳校：「『廵』，《類篇》作『巡』，从辵。《説文》亦从辵。又逡巡。」方校：「案：『廵』當作『巡』。小徐本『視』作『延』。此从大徐本。又《篇》、《韻》引《説文》『皃』皆作『也』，與二徐本異。」按：明州本、毛鈔、錢鈔注「廵」正作「巡」。馬校、陸校、龐校、錢校同。姚校：「宋本作『巡』。」

［二九］方校：「案：段氏从小徐本及《廣韻》作『䞭』，此與《類篇》竝从大徐。」

［三〇］姚校：「段云：『此出衛氏詔定古文官書。』」

［三一］明州本、潭州本、金州本、毛鈔、錢鈔注「遲」字作「遲」。段校、龐校、錢校同。馬校：「『遲』，局作『遲』。」

［三二］明州本注「檇」、「裺」、「楢」並从衣。衛校、陸校、龐校、錢校同。丁校據《方言》及《爾雅注》改作「衣」旁。方校：「案：『襶』、『褶』譌从木，『裺』譌从示，據宋本及《類篇》正。盧校《方言》四『褶』止作『督』。」馬校：「『褶』，局作『楢』。」姚校：「宋本『檇』作『襶』。韓校同。又『楢』作『褶』，並从衣。覲元案：『裺』亦宜从衣作『裺』。」

［三三］方校：「案：嚴氏謂：依《説文》非一字，而《類篇》、《韻會》竝與此同。《儀禮·聘禮》注及釋文均可證，經典之字未可概以《説文》繩之也。」馬校：「『紃』與『約』、『絢』依《説文》非一字。」按：嚴氏首句實爲段校。

［三四］明州本、潭州本、金州本、毛鈔、錢鈔注「憌」字作「塈」。龐校、錢校同。方校：「案：『塈』譌从心，據宋本及《爾雅·釋訓》注正。」姚校：「宋本『憌』作『塈』，是。韓校同。」

［三五］明州本、潭州本、金州本、毛鈔、錢鈔注「士」字作「土」。段校、陸校、馬校、龐校、錢校同。方校：「案：『土』譌『士』，據宋本及《周禮·地官》正。」姚校：「宋本『士』作『土』。韓校同。」

［三六］明州本、毛鈔、錢鈔注「衛」字作「衞」。龐校、錢校同。姚校：「宋本『衛』作『衞』。」

［三七］明州本、錢鈔注「侚」、「㫗」作「徇」、「㫗」，注同。龐校同。金州本漫漶，似爲「徇」、「㫗」。

［三八］方校：「案：《説文》『屯』作『[illegible]』，从屮貫一。一，地也。此上加丿，非。注『艸』下奪『木之』二字，當補。『引』譌

「別」，據《類篇》正。」按：明州本、毛鈔、錢鈔注「別」字正作「引」。段校、陳校、陸校、龐校、錢校同。姚校：「宋本『別』作『引』，是。影宋本同。」

［三九］明州本、金州本、毛鈔、錢鈔注「理」字作「埋」。段校、衛校、陸校、馬校、龐校、錢校同。丁校據《左傳》注作「埋」。方校：「案：『埋』譌『理』，據宋本及《類篇》正。」姚校：「宋本『理』作『埋』，是。影宋本、韓校皆同。呂云：『理宜作埋。』覲元案：此字今本已正。」

［四〇］方校：「案：《說文》作『母杶』，《類篇》同。段氏云：據《爾雅・釋木》當作『母枇』。」按：明州本、潭州本、金州本、毛鈔、錢鈔注「母」作「毋」。錢校同。丁校據《說文》改「枇」作「杶」。衛校同。姚校：「余校『枇』作『杶』。」韓校同。

［四一］明州本、錢鈔無「也」字。韓校、錢校同。

［四二］馬校：「『行』字衍，宋亦誤。」

［四三］明州本、金州本、錢鈔「櫄」字作「櫄」。余校、陳校、龐校、錢校同。姚校：「宋本作『櫄』，是。韓校同。」潭州本作「櫄」，不成字。

［四四］明州本、潭州本、金州本、錢鈔注「柏」字作「栢」。錢校同。

［四五］方校：「案：《春官・巾車》『軔』作『篆』，與叔重所引異。『一』下奪『曰』字，據二徐本補。」丁校據《周禮》同。姚校：「余校『下』上有『曰』字。韓校同。呂云：『下宜作曰。』」

［四六］毛鈔注「軓」字作「軌」。龐校、錢校同。明州本、潭州本作「軏」，爲「軌」之誤。

［四七］方校：「案：《釋器下》『齗』作『蚚』。」

［四八］方校：「案：《說文・亼部》籒文作『龠』，《類篇》从亼，从冊，作『侖』，與此同誤。」

［四九］明州本、潭州本、金州本、錢鈔注「陷」字作「䧟」。錢校同。姚校：「宋本『陷』作『䧟』。」

［五〇］明州本、錢鈔注「疵」字作「枇」。龐校、錢校同。姚校：「宋本『疵』作『枇』。」

［五一］陳校：「『泉』，《說文》作『淵』。」方校：「案：《說文》『於』作『于』，『泉』作『淵』。」

［五二］陳校：「《廣韻》入《十七真》，俗作同。」許克勤校：「《廣韻》『因』字部入《十七真》。」某氏校：「《廣韻》於真切，凡同音者皆入《十七真》部，此亦音伊真切而入《十八諄》部，未詳。」

［五三］方校：「案：『𡛷』譌从女，據《說文》正。《說文》籒作『𡜊』，即『婣』字。」

［五四］明州本、錢鈔「諲」、「哩」字作「諲」、「哩」，「敬」字缺筆。錢校同。姚校：「宋本作『諲』、『哩』。」

［五五］方校：「案：『宨』當作『冤』，《類篇》亦誤。」

［五六］明州本、毛鈔注「裀」字作「裀」。龐校同。

［五七］方校：「案：《說文》『垔』本作『䖻』，小徐本正文及注同，大徐本注作『垔』。」

［五八］明州本、毛鈔、錢鈔注「鮌」字作「鯀」，「篇」字作「籒」。陸校、馬校、龐校、錢校同。方校：「案：『鮌』，與二徐本合。宋本及《類篇》作『鯀』，『篇』竝作『籒』，《韻會》亦然，今據正。」姚校：「宋本『鮌』作『鯀』，『篇』作『籒』。韓校同。呂云：『鮌宜作鯀，篇當作篆。』」

［五九］方校：「案：二徐本及《類篇》、《韻會》同，段氏校本改『內』爲『曲』。」

［六〇］段校：「《說文》有『湮』無『洇』。」方校：「案：《說文》『洇』作『湮』，補音苦頓切。段氏據宋本《說文》及此書正，改音於真切。又二徐本及《類篇》『名』竝作『也』。」

［六一］余校：「『黑』作『也』。」陳校：「別本《說文》無『黑』字。」方校：「案：二徐本『黑』作『也』，段氏據此及《類篇》正。」

［六二］明州本、毛鈔、錢鈔注「歞」字作「歅」。龐校、錢校同。姚校：「宋本『歞』作『歅』。韓校作『歅』。」

［六三］明州本、潭州本、金州本、毛鈔、錢鈔注「石」字作「山」。龐校、錢校同。方校：「案：卷四《東山經》『石』作『山』。宋本及《類篇》同，今據正。」姚校：「宋本『石』作『山』。韓校同。」

［六四］許克勤校：「《廣韻》『寅』字入《十七真》。」

［六五］方校：「案：《說文》『夤』作『夤』，《類篇》『寅』作『寅』，今據正。」按：《類篇》作「寅」。明州本「夤」字作「夤」，「寅」字作「寅」。

［六六］明州本、錢鈔注「馩」字作「䭯」，「一」字作「二」。汪校、陸校、龐校、錢校同。姚校：「宋本『馩』作『䭯』，『一』作『二』。呂云：『此紐文十二。』」

［六七］明州本、錢鈔注「也」字作「昜」。龐校、錢校同。姚校：「宋本『也』作『昜』。」

［六八］明州本、毛鈔、錢鈔注「矛」字「矛」。段校、陸校、馬校、龐校、錢校同。方校：「案：『矛』譌『矛』，『戟』譌『戟』，據宋本及《廣雅・釋器下》正。」姚校：「宋本『矛』作『矛』，是。影宋本、韓校皆同。」

［六九］明州本、潭州本、金州本、毛鈔、錢鈔「瑱」字作「瑱」。汪校、馬校、龐校、錢校同。方校：「案：『瑱』譌『瑱』，據宋本及《廣韻》、《類篇》正。」姚校：「宋本作『瑱』。余校、韓校皆同。呂云：『《廣韻》作瑱，是。』」

［七〇］許克勤校：「《廣韻》『臏』字入《十七眞》。」方校：「案：《廣韻》下珍切『臏，鞭也』，『臏，難也』。此『臏』字失收。『臏』訓難見《太玄・臏》『陽氣微動』注。」

［七一］陳校：「《類篇》作『巡』，从辵。《尚書》亦作『巡』，見《釋文》。」按：明州本、毛鈔、錢鈔「巡」字正作「巡」。錢校同。姚校：「宋本作『巡』。」某氏校：「『巡』譌『巡』，从《説文》校改。」

［七二］方校：「案：《類篇》『也』作『名』。」按：明州本、毛鈔、錢鈔注「也」字正作「名」。陸校同。姚校：「宋本『也』作『名』，是。」

［七三］明州本、錢鈔注「沂」字作「析」。段校、陸校、丁校、龐校、錢校同。毛鈔作「沂」，與潭州本、金州本同。馬校：「『沂』當作『析』，宋亦誤。」姚校：「宋本『沂』作『析』。」

［七四］明州本、金州本、毛鈔、錢鈔注「戒」字作「戎」。顧校、陳校、陸校、馬校、龐校、錢校同。方校：「案：『戎』譌『戒』，據宋本及《晉書・輿服志》音義正。」姚校：「宋本『戒』作『戎』，是。影宋本、韓校皆同。」按：潭州本作「戍」，似爲壞字。

［七五］明州本、毛鈔、錢鈔注「粧」字作「粃」，無「也」字。馬校、龐校、錢校同。方校：「案：宋本及《類篇》無『也』字。」姚校：「宋本『粧』作『粃』，無『也』字。影宋本『粧』作『糍』。」按：蒙所見毛鈔作「粃」。

［七六］許克勤校：「《廣韻》『巾』入《十七眞》部。」

［七七］明州本、毛鈔、錢鈔「裑」字作「抻」。龐校、錢校同。陳校：「从扌。」方校：「案：『抻』譌从衣，據宋本及《類篇》正。」姚校：「宋本『裑』字作『抻』，是。韓校同。」

［七八］方校：「案：『叙』譌从又，據《類篇》正。」按：明州本、毛鈔、錢鈔注「叙」字正作「叙」。陸校、龐校、錢校同。姚校：「宋本『叙』作『叙』。」

［七九］許克勤校：「《廣韻》『堇』字入《十七眞》。」某氏校：「《廣韻》堇、銀等字均入《十七眞》部。」

［八〇］毛鈔、錢鈔「堇」、「墓」、「菫」作「堇」、「墓」、「菫」。龐校、錢校同。姚校：「宋本作『堇』、『墓』、『菫』，注同。」

［八一］方校：「案：據《説文》當作『堇』、『堇』、『菫』。」

［八二］明州本、毛鈔、錢鈔注「气」字作「乞」，「切」字作「切」。錢校同。方校：「案：『乞』譌『气』，『切』譌『切』，據宋本及《類篇》正。」姚校：「宋本『切』作『切』，是。余校、韓校皆同。呂改亦同。」

［八三］許克勤校：「《廣韻》『銀』字入《十七眞》。」

［八四］馬校：「案：《漢書・地理志》西河郡圜陰、圜陽，字當作『圜』，方語讀銀讀嚚耳。韋昭誤以『圜』爲『圁』，顏師古遂有『圜，本作圁』之説，《説文》有『訇』無『圁』。」

［八五］明州本、毛鈔、錢鈔注「大」字作「太」。馬校：「太，宋誤，局作『大』。」按：《爾雅・釋樂》：「大篪謂之沂。」釋文：「『沂』，本或作『齗』。」作「大」是。潭州本、金州本正作「大」。

［八六］明州本、毛鈔、錢鈔「訔」字作「訔」，注「山」作「屮」。陸校、龐校、錢校同。方校：「案：『訔』譌『訔』，『説』譌『悦』，『屮』譌『山』。據宋本及《説文》正。」馬校：「『屮』，局誤『山』。」姚校：「宋本『訔』作『訔』，『山』作『屮』。影宋本『訔』作『訔』。」

［八七］方校：「案：『豐』譌从土，據二徐本正。」按：字當作「豐」。明州本、潭州本、金州本、錢鈔注「壘」字作「壘」，亦當作「豐」。馬校、錢校同。

［八八］明州本、毛鈔、錢鈔注「目」作「日」。錢校同。方校：「案：《山海經》五《中山經》作『人目』，此本《玉篇》。」

[八九]　姚校：「余校『埒』作『垠』。」

[九〇]　明州本、潭州本、金州本、毛鈔、錢鈔注「洍」字作「涖」。陸校、馬校、龐校、錢校同。方校：「案：『涖』譌『洍』，據宋本及《類篇》正。」姚校：「宋本『洍』作『涖』，是。影宋本、韓校皆同。」

[九一]　許克勤校：「『礬』字《廣韻》入《十七眞》。」

[九二]　姚校：「余校『黑者』作『也』。」陳校：「《爾雅》注：『今之泥驄。』『黑』字《爾雅》無。」

[九三]　明州本、錢鈔注「泄」字作「丗」。錢校同。

[九四]　許克勤校：「《廣韻》『贇』入《十七眞》。」

[九五]　明州本、錢鈔注「者」字作「凶」。錢校同。

[九六]　方校：「案：『粼』譌从邑，據《文選·郭璞〈江賦〉》注正。」按：明州本、金州本、毛鈔、錢鈔注「鄰」字正作「粼」。顧校、衛校、陸校、龐校、錢校同。丁校據《文選》改「鄰」作「粼」。馬校：「局誤『鄰』，下俱倫切作『涒粼』。」姚校：「宋本『鄰』作『粼』，是。影宋本同。」

[九七]　按：本韻區倫切、俱倫切「峮」字下俱作「峮嶙」，疑此誤倒。參見下區倫切「峮」字。

[九八]　姚校：「余校『黑』作『也』。」丁校：「《爾雅》『陰白雜色駰』，注：『陰，淺黑。』《説文》訛『駰』爲『黑』，此仍其訛。」

[九九]　許克勤校：「《廣韻》『筠』入《十七眞》。」

[一〇〇]　明州本、潭州本、金州本、毛鈔、錢鈔「因」字作「囙」。龐校、錢校同。方校：「案：『囙』訛『因』，據宋本及《説文》正。」姚校：「宋本『因』作『囙』。韓校同。呂云：『因，就也。此言囘，當是囙字。』」

[一〇一]　明州本、潭州本、金州本、毛鈔、錢鈔注「細」字作「紐」。顧校、龐校、錢校同。方校：「案：『紐』訛『細』，據宋本及《説文》正。」馬校：「『紐』，局誤『細』。《文韻》于分切下誤同，宋本皆不誤。」姚校：「宋本『細』作『紐』。韓校同。」

[一〇二]　方校：「案：《類篇》『墜』作『隊』，今據正。」

[一〇三]　明州本、毛鈔、錢鈔注無「以」、「也」二字。龐校、錢校同。陸校：「下衍『以』字。」馬校：「注『弱竹可爲席』，局作『弱竹可以爲席也』，多二字。」姚校：「宋本無『以』、『也』二字。」

[一〇四]　許克勤校：「《廣韻》『囷』字入《十七眞》。」

[一〇五]　陳校：「『菌』，《廣韻》从竹。」

[一〇六]　明州本、毛鈔、錢鈔注「趾」字作「阯」。龐校、錢校同。方校：「案：宋本及《類篇》『趾』作『阯』。」姚校：「宋本『趾』作『阯』。韓校同。」

[一〇七]　方校：「案：『相』訛『也』，據《廣韻》、《類篇》、《韻會》正。」按：明州本、潭州本、金州本、毛鈔、錢鈔注「也」字正作「相」。陳校、陸校、龐校、錢校同。姚校：「宋本『也』作『相』，是。影宋本同。」

[一〇八]　明州本、毛鈔、錢鈔「眴」字作「眗」。錢校同。方校：「案：『眴』，《漢書·地理志》从目作『眗』，宋本及《類篇》同，今據正。」姚校：「宋本『眴』作『眗』，从目。」

[一〇九]　許克勤校：「《廣韻》『麇』字入《十七眞》。」

[一一〇]　方校：「案：《類篇》同。依《爾雅·釋艸》正文及郭注竝當作『藻』。」

[一一一]　明州本、毛鈔、錢鈔「龜」字作「龜」。龐校、錢校同。金州本、潭州本作「龜」。

[一一二]　明州本、潭州本、金州本、毛鈔、錢鈔注「俱」字作「倶」。龐校、錢校同。

[一一三]　明州本、錢鈔注「兒」字作「也」。龐校、錢校同。姚校：「宋本『兒』作『也』。」

[一一四]　按：《先韻》縈玄切：「蜎，蛸蜎，巧蟲名。」《類篇》「蛸」字、「蜎」字下均作「蛸蜎，巧蟲名」。疑此注中「蜎」、「蛸」二字互倒，「蟲」上脱「巧」字。

[一一五]　明州本、潭州本、金州本、毛鈔、錢鈔注「旨」字作「巨」。段校、馬校、龐校、錢校同。方校：「案：『巨』譌『旨』，據宋本及《類篇》正。」姚校：「宋本『旨』作『巨』，是。影宋本、韓校同。」

十九臻

[一] 方校：「案：左思《蜀都賦》『榪栗罅發』，李善注：『榪與榛同。』孫與人同年同元云：『秦、孱一聲之轉。』」按：某氏校此條爲汪小米語。陳準校記同。

[二] 方校：「案：後疏榛切作『莘』，與《類篇》合。」按：明州本、潭州本、金州本、毛鈔、錢鈔正作「莘」。又明州本、毛鈔、錢鈔注「五」字作「玉」。龐校、錢校同。馬校：「『莘』，局作『莘』。」姚校：「宋本『莘』作『莘』。」影宋本同。注『五』，宋本作『玉』。」

[三] 明州本、毛鈔、錢鈔「潧」字作「潧」。龐校、錢校同。姚校：「宋本作『潧』。」

[四] 明州本、潭州本、金州本、毛鈔、錢鈔「溱」字作「溱」。龐校、錢校同。姚校：「宋本『溱』作『溱』。」

[五] 方校：「案：二徐本『盛』下有『皃』字。」

[六] 段校：「此字入此，不可解。《釋文》『側介切，一如字』。」

[七] 潭州本、明州本、錢鈔「姺」字作「㚹」。龐校、錢校同。姚校：「宋本作『㚹』，後凡从『卂』之字並然。」

[八] 明州本、潭州本、金州本、毛鈔、錢鈔注「竝」字作「並」。龐校同。

[九] 段校：「注末宜加『事』字。」馬校：「當有『事』字，宋本亦無『事』字。」方校：「案：《說文・木部》『㯱』注引《逸周書》曰：『疑沮事闕。』今攷《文酌解》『七事：三、聚疑沮事』，『㯱』或『聚』字異文，闕者謂未詳其義，故闕之。段氏依《玉篇》於『疑』上補『㯱』字。此及《類篇》上下竝奪，尤非。」

[一〇] 方校：「案：二徐本同。《類篇》『役』譌『伇』。」

[一一] 明州本、錢鈔「𤖨」字作「𤖨」。龐校同。非是。潭州本、金州本、毛鈔作「𤖨」。

[一二] 方校：「案：《廣韻》、《類篇》、《韻會》、《一切經音義》十五引《通俗文》『澤』竝作『滓』，今據正。『癡』當从宋本及《類篇》作『凝』。」按：明州本、潭州本、金州本、毛鈔、錢鈔注「澤」字正作「滓」，「癡」字作「凝」。衛校、陳校、馬校、龐校、錢校同。丁校據《類篇》、《廣雅》改「癡」作「凝」。姚校：「宋本『澤』作『滓』，又『癡』作『凝』，是。韓校同。影宋本『癡』作『疑』。」按：毛鈔實作「凝」。

[一三] 方校：「案：大徐本『從』作『从』，此本小徐。『掊』譌从木，據《廣雅・釋詁二》正。」

[一四] 方校：「案：『魚』下『名』字衍。『鮮』上當補『作』字。」

[一五] 方校：「案：《釋艸》未見。『粺』當从《類篇》及正文作『稗』。」按：明州本、潭州本、金州本、毛鈔、錢鈔注「粺」字正作「稗」。龐校同。

[一六] 方校：「案：此見《息夫躬傳》，《班馬字類》引同。毛本『棧』作『㧻』，誤。」

二十文

[一] 明州本、潭州本、金州本、毛鈔、錢鈔注上「文」字作「交」。陸校、馬校、莫校、錢校同。方校：「案：『交文』譌『文文』，據宋本及《說文》正。」姚校：「宋本注上『文』作『交』。余校、韓校皆同。」

[二] 方校：「案：二徐本『文馬』作『媽馬』，與正文異。段校本正文及注竝作『媽』，又增『文馬』二字於『百駟』下。」姚校：「余校『文』作『媽』，非也。據《左傳》自有，當作『文馬』。若作『媽』，則出《逸周書》矣。」

[三] 方校：「案：『斑』譌『班』，據《玉篇》正。」

[四] 方校：「案：小徐本『知聞』作『知聲』，《篇》、《韻》引同。此與《類篇》从大徐。古文『聞』大徐作『䎽』，小徐作『䎽』。此作『䎽』、『䎽』，竝誤。」按：明州本、潭州本、金州本、毛鈔、錢鈔注「䎽」字正作「䎽」。余校、段校、陸校、馬校、龐校、錢

［五］校、莫校同。又明州本、潭州本、金州本、毛鈔、錢鈔注「䎽」字作「䎶」。

［五］明州本、潭州本、金州本、毛鈔、錢鈔「閺」字作「閺」，注同。又注「郡」字作「鄉」。丁校據《説文》同。顧校、陸校「閺」作「閺」。段校、衛校、龐校、錢校「郡」作「鄉」。方校：「案：『閺』當作『閺』，注『郡』譌『鄉』，據宋本及《説文》正。」馬校：「『閺』，局誤『閺』；『鄉』，局誤『郡』。案：《説文》『閺』从旻，門聲。段注云：『建安中改作聞。俗作閺。』《集韻》不見有『閺』字。《廣韻》曰：『俗作閺字。』」姚校：「宋本『閺』字作『閺』。」韓校同。影宋本作『閺』，是。注『郡』，宋本作『鄉』，是。余校、韓校皆同。呂云：『郡宜改作鄉。』」按：毛鈔實作「閺」。

［六］明州本、錢鈔「𧓍」字作「𧓍」。

［七］方校：「案：『名』譌『文』，據《類篇》正。『母』，當从《類篇》及《山海經》十六《大荒西經》作『丹』。郭注：『出黑丹也。』」按：明州本、潭州本、金州本、毛鈔、錢鈔注「文」字正作「名」。又明州本、毛鈔、錢鈔注「母」字正作「丹」。龐校、錢校同。與《山海經》合。馬校：「『文』作『名』。」陳校：「『母』作『丹』。」姚校：「宋本『文』作『名』，『母』作『丹』，是。呂云：『文宜作名。』」

［八］明州本、潭州本、金州本、毛鈔、錢鈔「岎」字作「岎」。龐校、錢校同。方校：「案：『岎』譌从山，據《説文》正。後『梤』亦當依《説文》作『梤』。」姚校：「宋本作『岎』，从中，是。後凡『岎』字及从『岎』之字並然。」

［九］明州本、潭州本、金州本、毛鈔、錢鈔注「雲白」作「雪皃」。陸校、馬校、龐校、莫校、錢校同。方校：「案：『雪皃』譌『雲白』，據宋本及《詩·信南山》毛傳正。」姚校：「宋本『雲白』作『雪皃』，是。影宋本、韓校皆同。」

［一〇］明州本、潭州本、金州本、毛鈔、錢鈔「梤」字作「梤」。龐校、錢校同。參見前「岎」字校語。

［一一］方校：「案：『闅』譌从門，注『闅』譌『闅』，據《説文·門部》正。『閍』當从《類篇·門部》作『閍』。」按：明州本、毛鈔、錢鈔正作「闅」、「閍」。陸校、龐校、錢校同。姚校：「宋本並从門，是。影宋本、余校皆同。」

［一二］明州本、毛鈔、錢鈔「馮」作「駇」。龐校、錢校同。姚校：「宋本作『駇』。」

［一三］方校：「案：《説文》作『饙』，段校改『饙』。注『餴』當从二徐本作『餴』。」按：明州本、毛鈔、錢鈔「餴」字作「餴」。段

校、韓校、馬校、龐校、錢校同。注「餴」明州本、錢鈔作「奔」。姚校：「宋本正文『餴』作『餴』，是。注『餴』作『奔』，疑有誤。覲元案：上文『饋餅』注云『或从賁，或省』，以是例之，或原書作『亦从奔』，宋本誤『从』爲『作』，亦未可知。」

［一四］明州本、錢鈔無句末「也」字。馬校、龐校同。姚校：「宋本無『也』字。」

［一五］方校：「案：《説文》坴讀若爨，非作『爨』也。此作『糞』，尤非。古文坴，未詳。或當从《説文》篆體作『[illegible]』。『埽』譌从手，竝正。」馬校：「『埽』局作『掃』，『埽』、『掃』古今字。」按：明州本、毛鈔、錢鈔作「糞」、「坴」，注同。龐校、錢校同。陳校：「『坴』，同『坴』，或作『坴』。」姚校：「宋本作『糞』、『坴』，注同。韓校『糞』作『糞』。」

［一六］明州本、金州本、毛鈔、錢鈔注「中」字作「巾」。韓校、陳校、陸校、馬校、龐校、錢校、莫校同。方校：「案：『巾』譌『中』，據宋本及《類篇》正。」

［一七］馬校：「案：《考工記》『妢胡之笴』，鄭注：『妢胡，胡子之國，在楚旁。杜子春云：妢讀爲焚咸丘之焚。書或爲邠。』妢胡，地名也。蓋『妢』不見於《説文》、《玉篇》，至《廣韻》始有『妢』字。『妢』爲『坋』之譌。《漢書·地理志》汝南郡汝陰故胡國，莽曰汝墳。『墳』一作『坋』，大防也。胡爲汝防之國，故曰坋胡。《廣韻》疑孫强輩據譌本《周禮》增『妢』字矣。唐石經依故書『笴』作『笱』，杜子春云：『笱當爲笴。笴讀爲稾，謂箭稾。』」

［一八］明州本、毛鈔、錢鈔注「求」字作「木」。衛校、陳校、馬校、龐校、錢校同。汪校：「疑作木。」方校：「案：『香』下奪『艸』字，據《説文》補。『木』譌『求』，據宋本正。」姚校：「宋本『求』作『木』，是。韓校同。余校『香』下有『艸』字。呂云：『求，《廣韻》作木，此誤字。』」

［一九］方校：「案：《類篇·夊部》無『瀵』字，當依《詩·周南》作『墳』。」明州本、潭州本、金州本、毛鈔、錢鈔注「瀵」字正作「墳」。馬校、丁校、龐校、錢校同。姚校：「宋本『瀵』作『墳』。」

［二〇］方校：「案：《類篇》同，二徐本『隆穹』作『穹隆』。」姚校：「余校『隆穹』二字互倒。」

［二一］馬校：「『均』，宋誤，局作『灼』。」按：明州本、潭州本、金州本、毛鈔、錢鈔俱作「灼」，馬氏據毛鈔疑有誤。

［二二］方校：「案：《類篇》『牡』作『牝』。」按：明州本、毛鈔、錢鈔注「牡」字正作「牝」。龐校、錢校同。姚校：「宋本『牡』

作『牝』。韓校同。」

[二三] 明州本、潭州本、金州本、毛鈔、錢鈔注「汙」字作「汗」。龐校、錢校同。方校：「案：『汗』譌『汙』，據宋本及《説文》正。」姚校：「宋本『汙』作『汗』。余校、韓校同。」

[二四] 方校：「案：二徐本『牸』作『牂』。《毛詩傳》、《初學記》皆作『牡』。據《爾雅・釋畜》『羊，牡羒，牝牂』，則作『牡』是。」姚校：「余校、韓校作『牂』。」陳校同。

[二五] 明州本、錢鈔注「三」字作「一」。龐校、錢校同。姚校：「宋本『三』作『一』。」毛鈔原作「一」，後白塗作「三」。按：潭州本、金州本作「三」，與《廣韻》合。作「三」是。

[二六] 明州本、潭州本、金州本、毛鈔、錢鈔「梤」字作「枌」。錢校同。姚校：「宋本『梤』作『枌』，是。」

[二七] 方校：「嚴氏云：『頪不得符分切。』」按：此實段玉裁校語。諸家過録段校均有此條。馬校：「『頪』不得與『頒』、『朌』爲一字，《廣韻》無。」

[二八] 明州本、潭州本、金州本、毛鈔、錢鈔「葩」字作「葩」，注同。龐校、錢校同。

[二九] 明州本、毛鈔、錢鈔注「臬」字作「果」。龐校、錢校同。姚校：「宋本『臬』作『果』。」毛鈔「實」作「屬」。

[三〇] 方校：「案：今《廣雅・釋器下》𦝠，王本據此及《類篇》補。」

[三一] 某氏校：「『岎』譌从山，以《説文》校改。即今隸書『岎』字也。」

[三二] 方校：「案：『𣏽柎』譌『𤖨柎』，據《類篇》正。《廣雅・釋器下》『𦠆𣏽』亦从木作『樍梂』。」按：明州本、潭州本、金州本、毛鈔、錢鈔注「𤖨」字作「𣏽」，「袝」字作「柎」。衛校、龐校、錢校同。丁校據《廣雅》改从木。姚校：「宋本作『𣏽柎』。」韓校同。影宋本『袝』作『柎』，是。」

[三三] 明州本、錢鈔注「兒」字作「也」。錢校同。

[三四] 明州本、毛鈔、錢鈔「[篆字]」字作「[篆字]」。龐校、錢校同。姚校：「宋本篆作『[篆字]』，余校、韓校並作『[篆字]』，筆形小異。」

[三五] 明州本、毛鈔、錢鈔注「玉」字作「于」。陳校、馬校同。方校：「案：宋本及《類篇》、《韻會》、《玉篇》『玉』竝作『于』，今據正。」姚校：「宋本『玉』作『于』。韓校同。」按：潭州本、金州本注「玉」作「王」。許校同。「于」、「王」同在云紐。

[三六] 方校：「案：『云』上加點，不成字體。凡偏旁从『云』者本書竝誤。」按：明州本、毛鈔、錢鈔「厷」字作「云」。龐校、錢校同。馬校：「凡宋本『云』皆如此作，局俱作『厷』。」姚校：「宋本作『云』，後凡从『云』之字並然。」

[三七] 方校：「案：二徐本『云』下有『聲』字，當據補。」按：明州本、毛鈔、錢鈔注無「从艸云」三字，「淮」上有「引」字。錢校同。毛鈔白塗改作「从艸云聲」。段校補「聲」字。陸校、馬校同。姚校：「宋本無『从艸云』三字，『淮』上有『引』字。影宋本『云』下有『聲』字，是。」

[三八] 方校：「案：『萙』當从《類篇・耒部》作『秐』，本注亦可證。」

[三九] 明州本、潭州本、金州本、毛鈔、錢鈔注「鼑」字作「鼎」。陸校、馬校、龐校、莫校、錢校同。方校：「案：此小徐本古文也。大徐本作『鼏』，注『鼎』譌『鼑』，據宋本及《類篇》正。」姚校：「宋本『鼑』作『鼎』，是。韓校同。」

[四〇] 明州本、錢鈔注「聲」下有「一」字。龐校同。錢校：「『聲』下衍『一』字。」按：潭州本、金州本、毛鈔注「聲」下無「一」字，錢校是。

[四一] 明州本、金州本、毛鈔、錢鈔注「細」字作「紐」。汪校、顧校、陸校、丁校、龐校、莫校、錢校同。方校：「案：『紐』譌『細』，據宋本及《説文》正。」姚校：「宋本『細』作『紐』，是。影宋本、韓校皆同。」

[四二] 方校：「案：《廣雅・釋詁四》『唄』作『昀』。」

[四三] 明州本、錢鈔注「紼」字作「沸」。龐校同。按：作「沸」誤。潭州本、金州本、毛鈔俱作「紼」，與《説文》合。

[四四] 明州本、金州本、毛鈔、錢鈔注「屬」字作「壓」。馬校、龐校、錢校同。方校：「案：『壓』譌『屬』，據宋本及《説文》正。」姚校：「宋本『屬』作『壓』。余校、韓校同。」

[四五] 方校：「案：當云『从中从㸒』，中㸒，𡗝象也。隸作『熏』。此書凡从『黑』从『熏』者竝誤。」按：明州本、錢鈔注「黑熏」作「黑㷜」。龐校、錢校同。姚校：「㷜，中黑象也。宋本『熏』作『㷜』，是。」

[四六]　明州本、潭州本、金州本、毛鈔、錢鈔「竄」字作「竄」，注同。汪校、龐校同。

[四七]　明州本、潭州本、金州本、毛鈔、錢鈔注「號」字作「号」。錢校同。姚校：「宋本『號』作『号』。韓校同。」

[四八]　方校：「案：《説文》作『勳』，當據正。」

[四九]　毛鈔「咼」字作「咼」，注同。段校、馬校、錢校同。姚校：「影宋本作『咼』。」方校：「案：《類篇》『咼』作『咼』。」

[五〇]　明州本、潭州本、金州本、毛鈔、錢鈔「[illegible]」字作「[illegible]」。姚校：「宋本『[illegible]』作『[illegible]』，筆法小異。」

[五一]　明州本、金州本、毛鈔、錢鈔注「藻」字作「藻」。龐校、錢校同。姚校：「宋本『藻』作『藻』。韓校同。」

[五二]　明州本、毛鈔、錢鈔「宊」字作「宊」。龐校、錢校同。姚校：「宋本『宊』作『宊』。」余校、韓校皆同。」

[五三]　明州本、潭州本、金州本、毛鈔、錢鈔注「圚」字作「圚」。陳校、龐校、錢校同。方校：「案：『圚』譌『圚』，據宋本及《説文》正。」姚校：「宋本『圚』作『圚』。」余校、韓校皆同。鈕云：『圚宜作圚。』」

[五四]　陳校：「『胈』作『胈』。」方校：「案：『胈』譌『胈』，據《廣雅・釋言》及《類篇》正。」

[五五]　方校：「案：《爾雅・釋宫》『弋』作『杙』。『弋』、『杙』古通用。」

[五六]　明州本、潭州本、金州本、毛鈔、錢鈔「[illegible]」字作「[illegible]」。方校：「案：『[illegible]』當作『[illegible]』。」

[五七]　明州本、潭州本、金州本、毛鈔、錢鈔注「古」下有「作」字。陳校、龐校、錢校同。方校：「案：『古』下奪『作』字，據宋本補。」姚校：「宋本『古』下有『作』字。韓校同。」

[五八]　方校：「案：《類篇》同。《韻會》『帇』作『帍』。」

[五九]　陳校：「『旁』，《類篇》作『滂』。」方校：「案：語見《公羊・僖十六年傳》。《類篇》『旁』作『滂』。汪氏云：『釋文音芳君切，此輕重脣之别。』」

二十一欣

[一]　明州本、毛鈔、錢鈔「炘」字作「忻」，注「閈」字作「閉」。段校、陸校、馬校、龐校、錢校同。許克勤校作「忻」。方校：「案：『忻』譌从火，『閉』譌从干，據宋本及《説文》正。」姚校：「宋本正文『炘』作『忻』，注『閈』作『閉』，是。韓校同。」

[二]　明州本、錢鈔注「旦」字作「日」，誤。潭州本、金州本、毛鈔作「旦」，與《説文》合。

[三]　明州本、毛鈔、錢鈔注「熱」字作「熱」。龐校同。

[四]　明州本、潭州本、金州本、毛鈔、錢鈔「殷」字作「殷」。龐校：「並缺筆。」

[五]　明州本、潭州本、金州本、毛鈔、錢鈔注「潁」字作「潁」。段校、馬校、龐校、錢校同。方校：「案：『潁』譌『潁』，據宋本及《説文》正。」姚校：「宋本『潁』作『潁』，从水，是。韓校同。」

[六]　陸校：「『巾』改『斤』。」方校：「案：《類篇》同。勤紐字《類篇》亦有音渠斤切者，『斤』字是也。」

[七]　姚校：「韓校『瘽』作『廑』。」覲元案：韓校與上文複，或係『勵』字之誤。」

[八]　明州本、錢鈔注「十」作「一」。錢校同。非是。潭州本、金州本、毛鈔作「十」。

[九]　方校：「案：二徐本『名』作『居』，《類篇》同。段校改『尻』。」

[一〇]　方校：「嚴云：『杒不得有渠巾切。』珪案：班《表》師古音其力反。」姚校：「段云：『此勤鈕下誤收杒，杒不得有渠巾切。』」此嚴云實段玉裁語，諸家過録段校本並有。

[一一]　明州本、毛鈔、錢鈔作「堇」、「堇」、「[illegible]」，龐校、錢校同。方校：「案：據《説文》當作『堇』、『堇』、『蒀』，宋本『堇』作『堇』、『堇』、『[illegible]』，亦通。」姚校：「宋本作『堇』、『堇』、『[illegible]』。韓校『堇』作『堇』，餘並同。」

[一二]　明州本、潭州本、金州本、毛鈔、錢鈔注「醬」字作「醬」。龐校同。

[一三] 明州本、金州本、毛鈔、錢鈔注「簣」字作「簣」。段校、陳校、陸校、馬校、龐校、錢校同。方校：「案：『簣』譌『簣』，據宋本及《方言》五正。」姚校：「宋本『簣』作『簣』，是。影宋本、韓校皆同。」

二十二元

[一] 方校：「案：正文『羼』下當補『原』字。」

[二] 明州本、毛鈔、錢鈔「邍」字作「邍」，注同。龐校、錢校同。方校：「案：『邍』譌『邍』，據宋本及《説文》正。」姚校：「宋本作『邍』，从田，是。余校、韓校皆同。」

[三] 方校：「案：《説文》『牂』作『牂』，與『泂』字偏旁同。段氏依二《志》改『泂』爲『柯』。」馬校：「『泂』當爲『柯』，宋本亦誤。」姚校：「段云：『泂宜作柯。』覬元案：『牂』亦宜作『牂』。」

[四] 方校：「案：此與下『黿』字重文複，當存彼删此，合上『羼』下所補『原』字，適符元紐文三十九之數。」

[五] 方校：「案：卷三《北山經》作『豲』，畢氏謂俗从犬非。此與《類篇》从牛，葢本《玉篇》。」

[六] 姚校：「余校『蕉』作『蔗』，韓校同，疑誤。」

[七] 明州本、毛鈔、錢鈔「黿」字作「黿」。錢校同。

[八] 明州本、毛鈔、錢鈔注「蠶」字作「蠶」。龐校同。

[九] 明州本、錢鈔注「愼」字作「愼」。龐校：「缺筆。」

[一〇] 方校：「案：下四字《類篇》亦有之，乃解釋《説文》語，非叔重語也。」

[一一] 方校：「案：『古』當作『籀』。」

[一二] 姚校：「余校『白』作『皃』，是。韓校同。吕云：『白宜作皃。』」方校：「案：『皃』譌『白』，據宋本及《廣韻》正。」按：毛鈔實作「白」。

[一三] 明州本、潭州本、金州本、毛鈔、錢鈔注「絛」字作「絲」，第二「絡」字作「終」。衛校、陳校、馬校、龐校、錢校同。丁校據《方言》「絛」改「絲」。段校「絡」改「終」。方校：「案：『絲』譌『絛』，『古』上『終』譌『絡』，竝據宋本正。」姚校：「宋本『絛』作『絲』。韓校同。又次『絡』字作『終』。影宋本、韓校皆同。均是。」

[一四] 方校：「案：『柳』下當有『也』字。《爾雅・釋木》『椵，柜柳』，注：『或曰：柳當爲柳。』乃此注所本。《類篇》作『柳』，亦通。」

[一五] 潭州本、金州本、毛鈔注「免」字作「兔」。段校、陸校、錢校同。方校：「案：『兔』譌『免』，據《類篇》正。《詩・王風》作『爰』，陸書無異文。」姚校：「宋本『免』作『兔』，是。余校同。」

[一六] 姚校：「影宋本『諼』作『蘐』，是。吕校：『諼宜作蘐。』」按：蒙所見毛鈔作「諼」。

[一七] 方校：「案：《方言》六『膺』作『膺』，『荅』作『畣』。《類篇》與此同。」

[一八] 明州本、潭州本、金州本、毛鈔、錢鈔注「智」字作「智」。

[一九] 余校「鴝」作「鶵」。方校：「案：『鴝』譌『鴝』，據《類篇》正。宋本作『鶵』，亦誤。」姚校：「韓校『鴝』作『雛』。吕校：『鴝宜作鴝。』」陳校从旬。按：作「鴝」是。

[二〇] 段校：「『旭』不得有此音。由《釋文》徐又許九反，『九』譌『元』，『元』又譌『袁』，宋初已作『元』。」馬校：「『説』當爲『讀』，宋本亦誤。案：『旭』不應有許元切，由俗本《釋文》而誤。《釋文》云：『旭，許玉反，徐又許九反。《説文》讀若好。』今《説文》譌作『勗』。《字林》：呼老反。蓋徐仙民讀許九乃相傳之古音。宋《釋文》『九』譌『元』，爲丁度所據。今本《釋文》『元』又譌『袁』，更紕繆難稽矣。音許九者，『旭』之古讀如『朽』也。音許玉者，『朽』入聲也。音呼老又『朽』之音變也。《燭》、《皓》兩韻有『旭』不誤。當删此《元韻》之『旭』以補入《四十九有》許九切中，云：『徐邈讀。』」

[二一] 明州本、潭州本、金州本、毛鈔、錢鈔「鴛」字作「鴛」，注同。龐校：「『夗』並从『夗』。」姚校：「宋本作『鴛』，从夗。凡从『夗』之字並然。」

［三二］方校：「案：『鴘』下奪『鷍』字，據《秋水篇》及《類篇》補。」按：明州本、潭州本、金州本、毛鈔、錢鈔注「鴘」下有「鷍」字。陸校、龐校、莫校、錢校同。姚校：「宋本下有『鷍』字，是。影宋本同。」

［三三］方校：「案：『晵』譌『晵』，『廢』上奪『一曰』二字，據《類篇》改補。」

［三四］明州本、毛鈔、錢鈔「晊」字作「瞪」。馬校、龐校、錢校同。方校：「案：『堅』譌『晊』，據《類篇・玉部》正。宋本作『瞪』，亦誤。」姚校：「宋本作『瞪』。韓校作『瞪』。」按：韓校作「瞪」，與宋本同。

［三五］明州本、毛鈔、錢鈔注「幰」字作「襪」。段校、馬校、龐校、錢校同。方校：「案：宋本『幰』作『襪』，與本書苦遠、窘遠二音『䘰』注合。《方言》四及《類篇》並與此同。」姚校：「宋本『幰』作『襪』，从衣。影宋本、韓校同。」

［三六］段校作「饒」、「饒」。

［三七］明州本、潭州本、金州本、毛鈔、錢鈔注「宂」字作「宛」。

［三八］明州本、毛鈔、錢鈔注「若」字作「井」。衛校、馬校、龐校、錢校同。丁校據《説文》改「井」。方校：「案：『井』譌『若』，據宋本及《説文》正。『古以革，或从宛』亦《説文》語，此『以』作『从』，『从宛』上奪『或』字，竝誤。」姚校：「宋本『若』作『井』。余校、韓校同。」

［三九］方校：「案：《廣雅・釋詁四》無『敗』字。」

［三〇］方校：「案：此見《廣雅・釋詁一》，字當作『嫚』，从大，不从犬。」

［三一］明州本、毛鈔、錢鈔注「底」字作「底」。龐校、錢校同。

［三二］方校：「案：『擽』譌从女。《類篇》同。據《篇》、《韻》正。」

［三三］方校：「案：『禶』譌从衣，據《類篇》正。」按：明州本、潭州本、金州本、毛鈔、錢鈔「禶」字正作「禶」。韓校、錢校同。姚校：「宋本『禶』作『禶』，从示。」

［三四］明州本、潭州本、金州本、毛鈔、錢鈔注「于」字作「於」。方校：「案：此《左・成十六年傳》文，宋本及《説文》『于』作『於』。」姚校：「宋本『于』作『於』。韓校同。」馬校：「『於』宋本誤，局作『于』。蓋左氏用古文『于』也。」按：此説迂曲不可從。

［三五］明州本、潭州本、金州本、毛鈔、錢鈔「鶱」字作「鶱」。段校、陳校、陸校、馬校、龐校、錢校同。方校：「案：『鶱』譌从馬，據宋本及《説文》正。」姚校：「宋本作『鶱』，是。影宋本、韓校皆同。」

［三六］明州本、毛鈔、錢鈔注「蒲」字作「捕」。龐校、錢校同。方校：「案：《類篇》同。宋本『蒲』作『捕』。」姚校：「宋本『蒲』作『捕』。韓校同。」

［三七］姚校：「宋本『驪』作『麗』。余校作『麗』。」按：明州本、潭州本、金州本、毛鈔、錢鈔俱作「驪」。

［三八］姚校：「余校『大』作『本』。韓校同。」

［三九］明州本、毛鈔、錢鈔「鬻」字、「鬻」字作「鬻」、「鬻」。韓校、陸校、龐校、錢校同。又注「鬻」字作「鬻」。韓校、陸校、陳校、馬校同。方校：「案：注『鬻』譌从侃，據宋本及《説文》正。」姚校：「宋本『鬻』作『鬻』，注『鬻』宋本作『鬻』。」

［四〇］明州本、毛鈔、錢鈔注「瓜」字作「爪」。段校、陸校、龐校、錢校同。姚校：「宋本『瓜』作『爪』，是。影宋本同。」馬校：「『爪』字宋本誤，局作『瓜』。」按：潭州本、金州本作「瓜」。

［四一］明州本、錢鈔「韉」字作「韉」，字上無〇。龐校同，云：「此上奪〇。」錢校同。姚校：「『韉』宋本作『韉』。」按：潭州本、金州本「韉」上有〇，毛鈔「韉」上有〇。

［四二］方校：「案：『拚』譌从弃，據《類篇》正。『二十二』當从宋本作『三十二』。」按：明州本、潭州本、金州本、毛鈔、錢鈔「翻」字作「翻」，注「拚」字正作「拚」。明州本、金州本、毛鈔、錢鈔注「二十二」正作「三十二」。龐校、錢校同。姚校：「宋本作『三十二』，是。影宋本、韓校同。」

［四三］明州本、潭州本、金州本、毛鈔、錢鈔注「乎」字作「平」。龐校、錢校同。方校：「案：『羣』譌『群』，『平』譌『乎』，據宋本及《類篇》正。」姚校：「宋本『乎』作『平』，是。余校、韓校同。」按：《玉篇・韋部》：「韇，芳袁切，羣韇也。」疑「羣」下有脱文。

［四四］方校：「案：『旛』譌『播』，據《説文》正。」按：明州本、毛鈔、錢鈔「播」字作「旛」。龐校、錢校同。

［四五］明州本、潭州本、金州本、毛鈔、錢鈔注「垂」字作「垂」。錢校同。

［四六］明州本、金州本、毛鈔、錢鈔「播」字作「播」。馬校、錢校同。方校：「案：『播』譌从手，據宋本及《類篇》正。」姚校：「宋本『播』作『播』，是。影宋本、韓校皆同。」按：本韻方煩切、符袁切俱作「播」。

［四七］明州本、毛鈔、錢鈔「畨」字作「番」。韓校、龐校、錢校同。方校：「案：『番』上譌从米，據宋本及《類篇》正。《類篇》『番』入《采部》。」

［四八］方校：「案：『潘』譌『潘』，據《說文》正。」按：明州本、毛鈔、錢鈔「潘」字作「潘」。韓校、龐校、錢校同。姚校：「宋本作『潘』，是。」

［四九］明州本、錢鈔注「免」字作「兔」。姚校：「宋本『免』作『兔』。余校同。」

［五〇］方校：「案：舊本《山海經》十《海内南經》『賁』譌『番』。畢氏據《水經注》及李善《文選》注所引訂。注『八』譌『入』，『在』譌『作』，今竝校正。」按：明州本、潭州本、金州本、毛鈔、錢鈔注「入」字正作「八」。衛校、陸校、馬校、丁校、龐校、錢校同。姚校：「宋本『入』作『八』。影宋本、余校、韓校皆同。」

［五一］明州本、毛鈔、錢鈔注「蕃」字作「蕃」。段校、龐校、錢校同。方校：「案：《爾雅・釋艸》『蕃，莸藩』，『藩』不从火。郭注一名莸藩，一名蕃，即藥中知母。此以『藩』、『蕃』連讀，『蕃』又作『蕃』，宋本作『蕃』，竝誤。」姚校：「宋本『蕃』作『蕃』，是。影宋本同。韓校作『蕃』。」按：潭州本、金州本「蕃」字作「蕃」。

［五二］明州本、毛鈔、錢鈔「膰」字作「膰」。

［五三］明州本、毛鈔、錢鈔注「一」字作「三」。韓校、馬校、錢校同。方校：「案：當从宋本作『文十三』。」姚校：「宋本作『十三』，是。吕云：『此紐文十三，一字誤。』」

［五四］明州本、潭州本、金州本、毛鈔、錢鈔「潘」字作「潘」。

［五五］方校：「案：『健』譌从彳，據《類篇》正。」按：明州本、毛鈔、錢鈔注「徤」字正作「健」。龐校、錢校同。

［五六］明州本、毛鈔、錢鈔注「熱」字作「熱」。龐校同。

［五七］方校：「案：『槪』譌从木，據《廣韻》、《類篇》正。」按：潭州本、金州本、毛鈔「槪」字正作「槪」。

［五八］明州本、毛鈔、錢鈔「緐」字作「緐」。龐校、錢校同。陳校：「《類篇》从糸，不从系。」馬校：「『緐』从糸，宋本是也。局皆誤从系。」姚校：「宋本『緐』作『緐』。」

［五九］陳校：「『綼』从畀，『畀』籒文『弁』。」方校：「案：『綼』譌『綼』。據《說文》、《類篇》正。」

［六〇］方校：「案：《說文》『冤』譌『冕』，當據此及《玉篇》正之。」姚校：「余校『冤』作『冕』，是。韓校同。段云：『冤宜作冕。』」陸校、錢校同。

［六一］方校：「案：王本《廣雅・釋器上》『帳』作『幞』，說已見前。」

［六二］方校：「案：《類篇》同。二徐本『視』竝作『望』。」姚校：「余校『視』作『望』。韓校同。」

［六三］明州本、毛鈔、錢鈔注「來」字作「釆」。段校、陸校、馬校、龐校、錢校同。方校：「案：『从釆』譌『从來』，據宋本及《說文》正。」姚校：「宋本『來』作『釆』，是。影宋本、韓校皆同。」按：金州本「釆」字缺頂上一筆。

［六四］方校：「案：《廣雅・釋室》及《類篇》『塼』作『甎』，今據正。」按：《桓韻》鋪官切「甎」字注亦作「甎」。

［六五］明州本、潭州本、金州本、毛鈔、錢鈔「鐇」字作「鐇」。錢校同。

［六六］方校：「案：正文『䉒』字斷爛，據《說文》及《類篇》補。」按：明州本、潭州本、金州本、毛鈔、錢鈔俱作「䉒」，所補是。

［六七］陳校：「『䳁鷭』，《廣韻》作『䳁鷭』。」

［六八］陳校：「『䮳』《廣韻》作『騷』。」按：《類篇・馬部》無「騷」字。

［六九］方校：「案：《釋艸》郭注『提』作『蝭』，陸書無異文。」

［七〇］明州本、潭州本、金州本、毛鈔、錢鈔注「蕃」字作「藩」。段校、陸校、龐校、錢校同。方校：「案：『藩』譌『蕃』，據宋本及《說文》正」。姚校：「宋本『蕃』作『藩』，是。韓校同。」

［七一］方校：「案：『蟹』上譌从敏，據《類篇》正。」

［七二］方校：「案：《類篇》『鷩』作『鷩』。段校《說文》改『鷩』，此與二徐本及《玉篇》同。」

［七三］　方校：「案：《類篇》『也』作『兒』。」

［七四］　明州本、錢鈔注「欨」字作「欨」，與《顔氏家訓·勉學篇》合。

［七五］　《顔氏家訓·勉學篇》：「吾嘗從齊主幸并州，自井陘關入上艾縣，東數十里，有獵閭村。後百官受馬糧在晉陽東百餘里亢仇城側。並不識二所本是何地，博求古今，皆未能曉。及檢《字林》、《韻集》，乃知獵閭是舊䝁餘聚。亢仇舊是禓欨亭。悉屬上艾。時太原王劭欲撰鄉邑記注，因此二名聞之，大喜。」按：上谷在今河北，上艾在今山西。注「谷」字當作「艾」。

［七六］　段校：「注『已』字作『己』。」陸校同。陳校：「『己』，《五音集韻》作『巨』。」

［七七］　姚校：「余校『力』作『手』。韓校同。」

二十三魂

［一］　《説文·鬼部》字作「魂」。《玉篇·鬼部》：「魂，胡昆切，陽游氣也，人始生化曰魂，亦作䰟。」則當以「魂」爲正。

［二］　明州本、毛鈔、錢鈔注「䫟」字作「顐」。龐校、錢校同。方校：「案：『䫟』譌从困，據《説文》、《篇》、《韻》正。」姚校：「宋本『䫟』作『顐』，是。吕云：『顐宜从困。』」

［三］　方校：「案：《廣雅·釋器下》奪，王本據此及《類篇》補。《一切經音義》十五、《北户録》注竝作『餛飩』。」

［四］　陳校：「改『䴷』。」方校：「案：『䴷』譌从芻，據《方言》十三正。」龐校改「䴷」，注云：「模糊。」

［五］　方校：「案：二徐本『洿下』下竝有『兒』字。」姚校：「余校『亦』上有『兒』字。韓校同。」

［六］　明州本、潭州本、金州本、毛鈔、錢鈔「梱」字作「梱」，注「末」字作「未」。龐校、錢校同。方校：「案：『梱』譌从困，『未』譌作『末』，據宋本及《説文》正。」姚校：「韓校『梱』字作『梱』，是。」

［七］　明州本、毛鈔、錢鈔注「木」下有「也」字。汪校、龐校、錢校同。方校：「案：宋本『木』下有『也』字，二徐本及《類篇》竝無，今仍之。」姚校：「宋本『木』下有『也』字。韓校同。」

［八］　方校：「案：小徐本『軛』作『軶』，此从大徐。」

［九］　方校：「案：卷三《北山經》『騉駼』作『驫羊』，『距』上有『有』字，『驒』下無『騱』字。《類篇》吁韋切不誤。胡昆切竝與此同。」

［一〇］　方校：「汪氏云：『《周禮·羽人》十羽爲審，注引《爾雅》百羽謂之緷。丁氏誤合爲一。』」馬校同。

［一一］　方校：「案：『㴋』譌『涃』，『惇』譌『燉』，據《文選》宋玉賦正。『熱』當作『爇』。」按：明州本、毛鈔、錢鈔「涃」字正作「㴋」，注同。又注「燉」作「惇」，「熱」作「爇」。姚校：「宋本『涃』作『㴋』。韓校同。」

［一二］　方校：「案：《廣雅·釋木》『枝』作『支』。『支』、『枝』古通用。」

［一三］　陳校：「《廣韻》作『蔬』。《玉篇》从目。」

［一四］　方校：「案：『惣』譌『惣』，王本《廣雅·釋詁三》據《篇》、《韻》、《一切經音義》所引訂正。《類篇》與此同。」

［一五］　方校：「案：重文中當从眔，注『于』當作『干』。段氏依《篇》、《韻》改『昆』爲『歠』，謂此葢古語，讀如䰟、寒二音，不可知之意也，若云『汗曼』。又『歠』，《説文》入《欠部》，《類篇》與『鰥』竝入《魚部》，『鰥』入《角部》。」按：明州本、毛鈔、錢鈔「鰥」、「鰥」正作「鰥」、「鰥」。馬校、龐校、錢校同。姚校：「宋本『鰥』、『鰥』作『鰥』、『鰥』，是。段云：『于宜作干。』」馬校：「『于』當爲『干』，宋亦誤。」陸校同。

［一六］　陳校：「『虞』當作『夏』。」又明州本、金州本、毛鈔、錢鈔注「楊」字作「揚」。陸校、馬校、龐校、錢校同。姚校：「宋本『楊』作『揚』，是。」

［一七］　方校：「案：『虔』當作『虔』。服注見《左·昭三年傳》釋文。」按：據某氏校，服注以下爲汪小米語。

［一八］　明州本、毛鈔、錢鈔注「夘」字作「卯」。龐校、錢校同。姚校：「宋本『夘』作『卯』，注同。」

［一九］　明州本、潭州本、金州本、毛鈔、錢鈔「麛」字作「麛」。錢校同。馬校：「『麛』，局作『麛』，多一點。」

［二〇］明州本、潭州本、金州本、毛鈔、錢鈔注上「雞」字作「鷄」。龐校同。《説文》字作「鷄」。

［二一］方校：「案：『一曰』以下《釋畜》郭注，『雞名』當作『名雞』。」

［二二］方校：「案：『賈』譌从負，『鼏』譌从鼎，據《説文》正。」陸校：「『鼒』作『鼏』。」馬校：「『鼒』當爲『鼏』，宋本亦誤。」

［二三］明州本、毛鈔、錢鈔注「以」字作「从」。龐校、錢校同。馬校：「下『从』字宋本誤，局作『以』。」

［二三］姚校：「影宋本次文作『鼏』，注同。」

［二四］明州本、潭州本、金州本、毛鈔、錢鈔注「宮」字作「官」。龐校、錢校同。方校：「案：『宮』譌『官』，據宋本及《説文》正。」姚校：「宋本『官』作『宮』，是。」

［二五］明州本、潭州本、金州本、毛鈔、錢鈔注「腠」字作「腠」。馬校：「『腠』，宋本誤，不成字，局作『腠』。」

［二六］姚校：「韓校『杉』作『柱』。」方校：「案：宋本『杉』作『柱』。《類篇》烏昆切訓杉又訓柱。此書榅紐又複出『榅』字，訓根，未詳其故。」

［二七］方校：「案：『婚』譌从女，據《廣雅・釋詁一》正。」明州本、毛鈔、錢鈔「婚」字作「婚」。衛校、龐校、錢校同。姚校：「宋本『婚』作『婚』。」金州本誤作「婚」。

［二八］方校：「案：《廣雅・釋艸》作『㼉瓠』。」

［二九］明州本、毛鈔、錢鈔注「根」字作「柱」。龐校、錢校同。陳校：「《玉篇》：『柱也。』《類篇》：『杉也，柱也。』見上重出。」

［三〇］方校：「案：『婚』譌『婚』。『昏』譌『昬』。籀文『䰟』譌『䰟』，注又譌『䰟』。竝據二徐本正。」按：明州本、錢鈔「䰟」字作「䰟」。陸校、龐校、錢校同。馬校：「『䰟』，局作『䰟』。」注作「䰟」，更不成字。」姚校：「宋本次文作『䰟』，注同。影宋本作『䰟』，韓校作『䰟』。」汪校改中作「吕」。

［三一］方校：「案：《説文》『怋』訓怓，怓，亂也。『惛』當作『惛』，惛，不憭也。雖非一字，補音竝呼昆切。惟不憭故亂，義亦略同。惟『怋』音義迥殊。《類篇》亦無呼昆一音。」

［三二］方校：「案：《類篇》『歅』作『歅』，今據正。」

［三三］明州本、錢鈔注「昬」作「昬」。龐校、錢校同。毛鈔原作「昬」，白塗改作「昬」，从目。按：潭州本、金州本作「昬」，與《説文》同。

［三四］方校：「案：『闇』當从二徐本作『闇』。」

［三五］明州本、潭州本、金州本、毛鈔、錢鈔注「隸」字作「隸」。段校同。馬校：「『隸』局作『隸』，誤。」

［三六］明州本、毛鈔、錢鈔注「㞃」字作「婚」。龐校、錢校同。姚校：「宋本注『㞃』作『婚』。韓校同。」馬校：「『婚』，局作『㞃』。宋本下譔奔切亦作『㞃』，與大字同。」

［三七］方校：「案：《釋言》『緍』作『緍』。」

［三八］明州本、毛鈔、錢鈔注「滑」字作「滑」。龐校、錢校同。方校：「案：『滑』譌『滑』，據宋本及《類篇》正。」姚校：「宋本『滑』作『滑』。」

［三九］潭州本、金州本注「髮」字作「髮」，誤。

［四〇］方校：「案：二徐本上作『髡』，下作『髡』。當以『髡』爲正。據注文以从元字爲或體也。」按：明州本、毛鈔、錢鈔正作「髡」、「髡」，髮下有「也」字。陸校、龐校、錢校同。姚校：「宋本『髮』下有『也』字。影宋本『髡』在『髡』字上，是。」

［四一］方校：「案：『尻』譌『尻』，據《廣雅・釋親》正。『尻』乃古『居』字。」按：明州本、潭州本、金州本、毛鈔、錢鈔注「尻」字正作「尻」。韓校、陸校、龐校、錢校同。姚校：「宋本『尻』作『尻』，从九，是。」

［四二］方校：「案：《類篇》『卂』作『刂』。」

［四三］明州本、潭州本、金州本、毛鈔、錢鈔注「髮」字作「髮」。

［四四］明州本、毛鈔、錢鈔「堲」字作「堲」。龐校、錢校同。姚校：「宋本『堲』作『堲』，注同。」

［四五］明州本、毛鈔、錢鈔注「斤」字作「根」。龐校、錢校同。陳校：「《廣韻》入《痕韻》五根切。」方校：「案：『斤』當从宋本及《類篇》、《韻會》作『根』。」姚校：「宋本注『斤』作『根』。韓校同。」

［四六］明州本、潭州本、金州本、毛鈔、錢鈔「犇」字作「犇」。龐校：「从『犇』者並同。」

[四七] 明州本、毛鈔、錢鈔注「趍」字作「趨」。陳校、陸校、錢校同。方校：「案：注『趨』譌『趍』，據宋本及《爾雅·釋宮》正。」馬校：「『趨』，局作『趍』，俗。」姚校：「宋本『趍』作『趨』。韓校同。」

[四八] 明州本、潭州本、金州本、毛鈔、錢鈔注「天」字作「大」。龐校、錢校同。馬校：「注『大』，局誤『天』。」姚校：「鈕云：『天宜作大。』」

[四九] 衛校：「『名』上補『其』字。」

[五〇] 潭州本、金州本、毛鈔注上「鶽」字作「鵻」。錢校同。姚校：「宋本上『鶽』字作『鵻』。韓校同。」方校：「案：『鵻』下衍『鶽』字，據卷三《北山經》及《類篇》刪。宋本作『鵻鵻』，尤誤。」

[五一] 明州本、毛鈔、錢鈔「本」字作「夲」。龐校、錢校同。按：《詩·大雅·緜》「予曰有奔奏」，毛傳：「喻德宣譽曰奔奏。」釋文本「奔」作「本」，注云：「『本』，音奔，本亦作『奔』，注同。」又：「『奏』，如字。本又作『走』，音同，注同。」《集韻》據釋文別本。「夲」字誤。潭州本、金州本作「本」。

[五二] 方校：「案：『吒』譌『叱』，據《說文》正。」按：明州本、潭州本、金州本、毛鈔、錢鈔注「叱」字正作「吒」。陸校、馬校、龐校、錢校同。姚校：「宋本『叱』作『吒』。韓校同。」

[五三] 明州本、毛鈔、錢鈔注「步」字作「蒲」。馬校、龐校、錢校同。方校：「案：宋本及《類篇》、《韻會》『步』皆作『蒲』，今據正。」按：「步」、「蒲」同在並紐，大徐音步奔切，丁氏引《說文》多據大徐音，可不必依方校改。

[五四] 明州本、潭州本、金州本、毛鈔、錢鈔注「䒥」字作「瓫」。陳校、陸校、龐校、錢校同。方校：「案：『瓫』譌『䒥』，據宋本及《類篇》正。」馬校：「『瓫』，局作『䒥』，不成字。」姚校：「宋本『䒥』作『瓫』，是。影宋本、韓校皆同。」

[五五] 方校：「案：『䅦』當作『𥍞』。」

[五六] 方校：「案：『虋』上譌不从艸，據《說文》正。」按：明州本、潭州本、金州本、毛鈔、錢鈔注「虋」字正作「虋」。段校、汪校、陸校、龐校、錢校同。馬校：「兩『虋』字局皆誤脫『艹』頭」。姚校：「呂云：『虋』宜从艸。」

[五七] 方校：「案：二徐本竝作『顫』。」

[五八] 方校：「案：《類篇》同。《韻會》作『汶汶，玷辱也』。」

[五九] 明州本、潭州本、金州本、毛鈔、錢鈔「悗」字作「晚」。韓校、陸校、馬校、龐校、錢校同。方校：「案：『晚』譌『悗』，據宋本及《類篇》正。」姚校：「宋本作『晚』，是。影宋本同。」

[六〇] 方校：「案：注『吊』字俗，當从《類篇》作『弔』。」馬校：「『吊』，俗『弔』字，宋亦誤。」姚校：「鄭知同云：『吊宜作弔。』」

[六一] 陳校：「『丘』，《山海經》作『吾』。」按：《山海經·西山經》作「崇吾之山」，郝懿行箋疏：「《博物志》及《史記·封禪書》索隱引此經並作『崇丘』。」

[六二] 方校：「案：卷二《西山經》止作『蠻蠻』，此本《玉篇》。」

[六三] 姚校：「段云：『殙宜作殙，注矝宜作瞀，並誤。』」

[六四] 《莊子·德充符》：「悶然而後應，氾而若辭。」釋文：「『悶』，音門。崔云：有頃之閒也。」此脫「之」字。

[六五] 方校：「案：此係新坿字。」

[六六] 馬校：「局作『蹄』。『蹏』、『蹄』正俗字。」

[六七] 方校：「案：『蜻蛚』譌『𧒂蛚』，據《方言》十一正。又『虷𧒂』之『𧒂』，《方言》止作『孫』。」按：明州本、毛鈔、錢鈔注「𧒂」字正作「蜻」。衛校、龐校、錢校同。陳校：「『𧒂』，《方言》作『蜻』。」姚校：「宋本『𧒂』作『蜻』。韓校同。」

[六八] 陳校：「『爨』，《類篇》中从村。」方校：「案：注義本《周禮·夏官·挈壺氏》注，當作『爨』。《類篇》作『爨』，尤誤。」某氏曰：「《類篇》作『爨』，當是俗體。」按：明州本、毛鈔「爨」字作「爨」。陸校、龐校、錢校同。錢鈔大字作「爨」，注作「爨」。姚校：「宋本作『爨』。韓校同。」馬校：「局皆作『爨』，从二木，不从村，《廣韻》無。」潭州本、金州本从林。

[六九] 明州本、毛鈔、錢鈔注「租」字作「祖」。陸校、龐校、錢校同。方校：「案：《類篇》同。宋本『租』作『祖』。」馬校：「『祖』局作『租』。」姚校：「宋本『租』作『祖』。韓校同。」按：「租」、「祖」聲紐同。

[七〇] 馬校：「宋本『酒』下空格，當依局刻補『器』字。」按：明州本、潭州本、金州本、錢鈔並有「器」字。

［七一］明州本、毛鈔、錢鈔注「尊」字作「尊」。錢校同。

［七二］明州本、毛鈔、錢鈔注「竂」字作「竂」。

［七三］姚校：「呂云：『水，《莊子》作木。』」

［七四］明州本、金州本、毛鈔、錢鈔注「昆」字作「尊」。馬校、龐校、錢校同。姚校：「宋本『昆』作『尊』。韓校同。」方校：「案：宋本及《類篇》、《韻會》『昆』竝作『尊』，今據正。」按：昆、尊同韻，不必改。

［七五］明州本、潭州本、金州本、毛鈔、錢鈔注「鄢」字作「鄠」。顧校、衛校、陳校、陸校、龐校、錢校同。方校：「案：『鄠』譌『鄢』，據宋本及《漢書·地理志》正。」馬校：「『鄠』局誤『鄢』。案：『郇』當爲『存』。《廣韻》已有『郇』字。今本《地理志》作『郇』，因『鄠』而譌耳。王氏《雜志》云：『《華陽國志》、《晉書》尚作存鄠，《水經》有存水，洊亦後益字。』」姚校：「宋本『鄢』作『鄠』，是。影宋本、余校、韓校皆同。余云：按，《地理志》作『郇鄠縣』。韓云：據《地理志》作『郇鄠』。」

［七六］明州本、潭州本、金州本、毛鈔、錢鈔从「享」之字多作「享」。

［七七］方校：「案：『憞』見《說文》十篇《心部》，注：『厚也。』補音都昆切。『𩈪』見十篇《立部》，注：『磊𩈪，重聚也。』補音丁罪切。音義迥殊。此『𩈪』葢即『憞』字之譌。『古』譌『右』，今竝正。」按：明州本、潭州本、金州本、毛鈔、錢鈔注「右」字正作「古」。陸校、馬校、龐校、錢校同。姚校：「宋本『右』作『古』，是。余校、韓校皆同。」

［七八］方校：「案：此見《天地篇》，下『而』字衍。釋文『鶉』止音涫。」按：明州本、潭州本、金州本、錢鈔注無下「而」字。龐校同。錢校：「宋本無『而』字。圈去。」姚校：「宋本無『而』字。韓校同。」

［七九］明州本、錢鈔「鐔」字作「鐔」，注同。錢校同。方校：「案：『鐔』當作『鐔』，注『鐔』譌『鐸』，據宋本及《類篇》正。」馬校：「案：『鐔』局誤『鐸』，其大字作『鐔』。」姚校：「韓校『鐸』作『鐔』，是。」

［八〇］明州本、潭州本、金州本、毛鈔、錢鈔「擊」字作「擊」。龐校、錢校同。方校：「案：『擊』譌从手，據宋本及《類篇》正。」姚校：「宋本作『擊』。余校、韓校同。」

［八一］明州本、毛鈔、錢鈔注「恨必」作「悃心」。龐校、錢校同。陳校：「『恨』，《類篇》作『悃』。」方校：「案：『悃』譌『恨』，『心』譌『必』，據宋本及《類篇》正。」姚校：「宋本『恨』作『悃』，『必』作『心』，是。余校『必』作『心』，韓校同。呂云：『必宜作心。』」按：潭州本、金州本注「必」字作「心」。衛校同。

［八二］馬校：「案：『燉』乃『敦』之俗。《廣韻》已有『燉』字，下徒渾切作『敦煌，郡名』不譌。《漢志》應劭音屯，徒渾切，應本音也。此他昆切，段氏云音必出《漢書音義》。」

［八三］明州本、金州本、毛鈔、錢鈔「噋」字作「噋」。錢校同。方校：「案：『噋』譌『噋』，據宋本及《說文》正。注引《詩》『哼哼』，大徐本同，當从小徐本作『噋噋』，方與隸體異。」姚校：「宋本作『噋』，是。韓校同。」按：潭州本作「噋」微勾。

［八四］方校：「案：『焞』，大徐本同，當从小徐本作『燇』。段氏云：『此隟括《鄭語》，《傳》當作《國語》。』」

［八五］方校：「案：《史記·歷書》『涒灘』索隱作『汭漢』，集解：『一本作芮漢。』」

［八六］方校：「案：『屯』當从《類篇》作『屯』。注『也』字衍。」按：明州本、錢鈔「屯」字作「屯」，注「也」字作「屯」。龐校、錢校同。姚校：「宋本『也』作『屯』。」金州本此字空白。

［八七］方校：「案：『水』譌『小』，據《類篇》正。」按：明州本、毛鈔、錢鈔注「小」字正作「水」。陸校、馬校、龐校、錢校同。姚校：「宋本『小』作『水』，是。」

［八八］明州本、毛鈔、錢鈔注「䍉」字作「䍉」。龐校、錢校同。按：潭州本、金州本均作「䍉」，作「䍉」不成字。

［八九］明州本、潭州本、金州本、毛鈔、錢鈔注「瘗」字作「瘞」。汪校、龐校、錢校同。

［九〇］陳校：「『犬』作『火』。蓋據《廣韻》。」《廣韻》此作「火見穴中，又音迍」。又《山韻》墜頑切「窀，穴中見火」。然故宮本王韻作「犬見穴中」，與此同，作「犬」亦通。

［九一］明州本、錢鈔「叙」字作「𦝫」，注「祀祠」作「祠祀」。龐校、錢校同。又余校、韓校作「祠祀」。方校：「案：『叙』當从《說文》作『𢈉』，《類篇》作『𦝫』，亦誤。『祀祠』當从宋本及二徐本作『祠祀』。」姚校：「宋本『叙』作『𦝫』，是。」

［九二］方校：「案：《廣雅·釋詁三》『㩮、捞，擊也』。字不作『搬』。」

［九三］方校：「案：『芚』譌『屯』，據宋本及揚子《法言·寡見篇》、《莊子·齊物論》正。注文亦可證。」按：明州本、潭州本、金州本、毛鈔、錢鈔「屯」字正作「芚」。龐校、錢校同。馬校：「『芚』，局誤『屯』，脱『艹』頭。」姚校：「宋本『屯』作『芚』，是。韓校同。呂云：『正字宜作芚，注同。』」

［九四］方校：「案：『廪』譌『稟』，據《類篇》正。」按：明州本、毛鈔注「稟」字正作「廪」，潭州本、金州本作「稟」，錢鈔作「廪」。作「廪」不成字。

［九五］方校：「案：『陷』譌『陌』，據《説文》正。」馬校：「『陷』局誤『陌』。」

［九六］方校：「案：《類篇》『崑』作『崐』。」按：參見前公渾切「崐」字。

［九七］方校：「案：『麐』上失圈隔，據本書通例補。」按：明州本、潭州本、金州本、毛鈔、錢鈔「麐」字上正有圈。龐校、錢校同。馬校：「此字上宋本有圈是也，局誤脱。」姚校：「『麐』，余云：『此上當有〇。』韓云：『麐上有〇。』」

二十四痕

［一］明州本、潭州本、金州本、毛鈔、錢鈔注「胝」字作「眂」。龐校、錢校同。姚校：「宋本『胝』作『眂』。」

［二］陳校：「『爞』，《玉篇》作『爊』，同。觀《囊韻》於刀切。」方校：「案：『爞』當作『爊』。《類篇》與此同誤。」

［三］明州本、毛鈔、錢鈔注「袄」字作「袄」。錢校同。姚校：「宋本『袄』作『袄』，是。」

［四］方校：「案：『阬』譌『阮』，據《類篇》正。」按：明州本、毛鈔、錢鈔注「阮」字正作「阬」。陸校、龐校、錢校同。姚校：「宋本『阮』作『阬』，是。余校同。」馬校：「『阬』當是『阮』字，宋亦誤。」按：潭州本、金州本作「阮」。

二十五寒

［一］方校：「案：『𡫳』中譌从刀，注『𦦙』譌『𠬞』，據《説文》正。『从𦦙』之『从』大徐本作『以』，小徐本作『從』。《類篇》及段校本與此同。」

［二］明州本、毛鈔、錢鈔「𡫳」字作「𡨥」，注同。馬校、龐校、錢校同。姚校：「宋本『𡫳』作『𡨥』，是。余校作『𡨥』。」陳校：「从収。」

［三］明州本、潭州本、金州本、毛鈔、錢鈔「韓」字作「韓」，从入。

［四］明州本、毛鈔注「榦」字、「幹」字作「榦」、「幹」。龐校、錢校同。汪校：「『幹』字作『幹』。」姚校：「宋本『榦』、『幹』並从入，與正文同。」

［五］《説文》「曰」下有「邗」字。

［六］方校：「案：注『也』字《類篇》無，郭注作『𦦙』。」

［七］方校：「案：『𤿭』譌从車，據《類篇》正。」按：明州本、毛鈔正作「𤿭」。龐校、錢校同。陳校：「从倝。」姚校：「宋本作『𤿭』，是。」

［八］明州本、毛鈔、錢鈔「𨌩」字作「雗」。韓校、陳校、龐校、錢校同。方校：「案：『雗』譌从車，據宋本及《類篇》正。」姚校：「宋本作『雗』，是。」

［九］明州本、毛鈔、錢鈔「鼾」字作「𪖍」。段校同。馬校：「凡『皐』宋本皆如此作，局俱作『鼻』。」

［一〇］方校：「案：『𦨻』作『𦨻』，誤。注『𠦝』譌『𦨻』，據《類篇》正。」按：明州本、金州本、毛鈔正文「𦨻」作「𦨻」，注文「𦨻」作「𠦝」。段校、龐校、錢校正文作「𦨻」。又陸校、龐校、錢校注文作「𠦝」。陳校：「『𦨻』，《説文》作『𦨻』，从𠦝目。」馬

校：「『翰』，局誤『翰』，多一畫。『馯』，局作『翰』。」姚校：「宋本正文作『翰』，注作『从馯』，是。影宋本同。韓校正文作『翰』。」

［一一］明州本、錢鈔「刋」字作「刊」。陳校：「从干。」龐校作「刊」。按：《説文》見《刀部》，从刀，干聲。字當从干。

［一二］方校：「案：『遮』譌『遮』，據《類篇》正。」按：明州本、潭州本、金州本、毛鈔、錢鈔注「遮」字正作「遮」。龐校同。姚校：「宋本『遮』作『遮』。余校同。」

［一三］方校：「案：《類篇》同。大徐本『犯』下有『婬』字，小徐本作『淫』。」

［一四］方校：「案：『梃』譌『挺』，據《説文》正。」

［一五］方校：「案：《廣雅·釋器上》『盤』作『槃』。」

［一六］方校：「案：『寗戚』當作『甯戚』。」

［一七］明州本、潭州本、金州本、毛鈔、錢鈔注引《説文》「鞍」字作「鞁」。龐校、錢校同。方校：「案：『鞁』譌『鞍』，據宋本及《説文》正。」馬校：「『鞁』局誤『鞍』。」姚校：「宋本『鞍』作『鞁』。韓校同。」

［一八］方校：「案：『殘』譌『殘』，據《廣雅·釋器上》及《類篇》正。」按：明州本、毛鈔、錢鈔注「殘」字正作「盞」。陸校、龐校、錢校同。馬校：「『盞』，局作『殘』，不成字。」姚校：「宋本『殘』作『盞』。影宋本同。」潭州本、金州本作「盞」。又

［一九］明州本、潭州本、金州本、毛鈔、錢鈔「冊」字作「冊」。馬校：「凡『冊』多如此，局多作『冊』。」

［二〇］馬校：「『于』，局作『亍』，脱首筆，甲戌本重刊改正。」按：明州本、潭州本、金州本、毛鈔、錢鈔均作「于」。

［二一］毛鈔注「嚌」字作「嚌」。馬校：「『嚌』，宋誤，大字作『嚌』。」

［二二］方校：「案：注『湌』譌『湌』，據《韻會》正。」按：明州本、金州本、毛鈔、錢鈔注「湌」字正作「湌」。陸校、龐校、錢校同。馬校：「局誤『湌』，與大字複。」姚校：「宋本『湌』作『湌』，是。」

［二三］明州本、潭州本、金州本、毛鈔、錢鈔注「千」字作「干」。韓校、陸校、馬校、龐校、錢校同。方校：「案：『干』譌『千』，據

宋本及《類篇》正。」姚校：「影宋本『千』作『干』，是。」

［二四］明州本、潭州本、金州本、毛鈔、錢鈔「叡」字作「叡」，注同。龐校、錢校同。方校：「案：《類篇》『叡』作『叡』。」姚校：「『叡』，宋本作『叡』。」按：《廣韻》作「𣪠」。

［二五］方校：「案：『舛』譌从夕，據《説文》正。《類篇》作『舛』，同。」

［二六］明州本、潭州本、毛鈔、錢鈔注「帔」字作「帔」。陸校、龐校、錢校同。方校：「案：『帔』譌『帔』，據宋本及《類篇》正。」馬校：「局作『帔』，不成字。」姚校：「宋本『帔』作『帔』。余校作『帔』。韓校同。」

［二七］明州本、潭州本、金州本、毛鈔、錢鈔注「日」字作「曰」。段校、陳校、陸校、馬校、龐校、錢校同。方校：「案：『曰』譌『日』，據宋本及《類篇》正。」姚校：「宋本『日』作『曰』，是。影宋本、韓校皆同。」按：《左傳·宣公十八年》：「凡自内虐其君曰弒，自外曰戕。」當即此所本。

［二八］方校：「案：『孤』下奪『高』字，據《類篇》正。」

［二九］方校：「案：《説文》『丹』作『□』，古文作『□』，隸當作『𠁿』，《類篇》作『甘』，亦誤。此作甘苦之『甘』，尤非。『彤』當从《説文》及《類篇》作『彤』，《説文》別有『彤』字，訓丹飾，補音徒冬切。」

［三〇］明州本、潭州本、金州本、毛鈔、錢鈔注「筐」字缺筆作「筐」。錢校同。

［三一］方校：「案：『轗』譌『轗』。據《玉篇》正。《類篇》與此同，而《車部》有『轗』無『轗』。本書十《虞》軥紐亦不收『轗』字。又《玉篇》『𨍭』下注輞也，『轗』下注車輞也。不訓車名，『名』當係『輞』字之譌，後二《僊》時連切可證。」按：潭州本、金州本、毛鈔注作「轗」。馬校：「局作『轗』，《類篇》亦作『轗』。疑宋本誤。」

［三二］明州本、毛鈔、錢鈔注「灘」字作「灘」。龐校、錢校同。按：引《詩》見《王風·中谷有蓷》，釋文本作「暵」，注云：「字作『灘』，又作『灘』，皆他安反。」是作「灘」、作「灘」皆可通。潭州本、金州本作「灘」。

［三三］明州本、潭州本、金州本、毛鈔、錢鈔注「鞶」字作「擊」。龐校、錢校同。陳校：「『鞶』當从手。」方校：「案：『擊』譌从革，據宋本及《廣韻》正。」姚校：「宋本『鞶』作『擊』。余校同，韓校同。」

［三四］　陳校：「『惑』，《方言》作『欺』。」方校：「案：『欺』譌『惑』，據《方言》十及《類篇》正。」按：明州本、毛鈔、錢鈔注「惑」字正作「欺」。陸校、馬校、龐校、錢校同。

［三五］　方校：「汪氏云：『釋文幝有勑丹反一音。』」

［三六］　姚校：「余校『敝』上有『車』字。」按：《説文·巾部》：「幝，車敝皃。」此余校所本。然此注引《詩·小雅·杕杜》「檀車幝幝，四牡痯痯」。毛傳：「幝幝，敝貌。」則不必如余校加「車」字。

［三七］　明州本、潭州本、金州本、毛鈔、錢鈔注「檀」字作「檀」。龐校同。

［三八］　姚校：「余校『汭』作『涒』。呂云：『《史記·曆書》商横涒灘三年，正義作涒漢。横艾涒灘始元年，注：涒灘一作芮漢。此據王本也。汲古閣本有端蒙汭漢四年，蓋《集韻》所據。』」

［三九］　明州本、潭州本、金州本、毛鈔、錢鈔「檀」字作「檀」。

［四〇］　余校：「『丸』上增『行』字。」按：《説文·弓部》：「彈，行丸也。」此余校所本。

［四一］　陳校：「『擊』當作『繫』。『撣』今本《太玄經》作『撣』。」按：見《太玄·數》。

［四二］　方校：「案：『帶』譌『滯』，據《類篇》正。」按：明州本、毛鈔、錢鈔注「滯」字正作「帶」。龐校、錢校同。姚校：「宋本『滯』作『帶』。」

［四三］　方校：「案：大徐本『何』上有『儃』字，小徐本及《類篇》、《韻會》竝無。」

［四四］　明州本、毛鈔、錢鈔注「嘆」字作「歎」。龐校、錢校同。

［四五］　明州本、潭州本、金州本、毛鈔、錢鈔注「擅」字作「檀」。龐校、錢校同。方校：「案：單伯見《史記·鄭世家》。『檀』譌从手，據宋本及《左·桓十五年傳》、《史記》索隱正。索隱謂『檀』作『單』誤。」按：據某氏校，「單伯見《史記·鄭世家》」爲汪氏語。

［四六］　明州本、毛鈔、錢鈔「闌」字作「闌」。馬校：「凡宋本从『闌』諸字皆如此作，局俱作『闌』。」龐校作「闌」，云：「並从柬。」錢校：「从『柬』之字並同。」某氏校：「『闌』字中从柬，不从東，凡从『闌』偏旁者放此。」

［四七］　明州本、毛鈔、錢鈔注「晚」字作「俛」。錢校同。姚校：「宋本『晚』作『俛』。」

［四八］　明州本、錢鈔注「詆」字作「柢」。龐校、錢校同。毛鈔「詆」字作「抵」。方校：「案：二徐本同。宋本及《類篇》『詆』作『抵』，段氏校本从之。」姚校：「宋本『詆』作『柢』。韓校作『抵』。」

［四九］　方校：「案：『通作』《類篇》作『或从』。竊疑注文『蘭』係『讕』字之誤。」按：明州本、毛鈔、錢鈔注「通作」作「或从」。錢校同。龐校：「按：『讕』不與『蘭』通，宋本作『或从』，蓋『讕』下當有重文『讕』字，《類篇》可據也。」姚校：「宋本作『或从蘭』，是。」

［五〇］　明州本、潭州本、金州本、毛鈔、錢鈔注「成」字作「盛」。衛校、陸校、馬校、龐校、錢校同。方校：「案：『盛』譌『成』，據宋本及《説文》正。」

［五一］　方校：「案：《韻會》『幱』、『襴』从巾，以从衣者爲俗。《類篇》惟『襴』作『幱』。」按：明州本、毛鈔、錢鈔注「襴」字作「幱」。陳校、龐校、錢校同。姚校：「『襴』，宋本作『幱』。」

［五二］　方校：「案：『媥』譌『褊』，據《類篇》正。」按：明州本、潭州本、金州本、毛鈔、錢鈔注「褊」字正作「媥」。衛校、龐校、錢校同。

［五三］　明州本、潭州本、金州本、毛鈔、錢鈔注「褋」字作「雜」。錢校同。

［五四］　明州本、潭州本、金州本、毛鈔、錢鈔注「博」字作「摶」。顧校、衛校、陳校、陸校、馬校、龐校、錢校同。方校：「案：『摶』譌『博』，據宋本及《爾雅·釋器》正。惟《釋器》从蘭，陸書亦無異文。」姚校：「宋本『博』作『摶』，是。影宋本同。余校作『博』，韓校同。」按：蒙所見韓校作「摶」。

［五五］　方校：「案：『鸈』，大徐本作『鸈』，段氏从小徐本作『鸈』，今據正。《類篇》作『鸈』，亦誤。又《類篇》『離』作『離』，存參。」按：明州本、毛鈔、錢鈔「難」、「離」作「難」、「離」。龐校、錢校同。姚校：「宋本『難』、『離』作『難』、『離』。」

［五六］　余校：「『干』字作『衎』。」非。

二十六桓

［一］毛鈔、錢鈔注「曰」字作「日」。馬校：「『日』，宋誤，局作『曰』。」

［二］方校：「案：注『瓛』字二徐及段校本竝作『桓』，《類篇》與此同。」

［三］明州本、毛鈔、錢鈔注「灺」、「䀕」二字互倒。段校、陸校、馬校、龐校、錢校同。方校：「案：宋本及《類篇》、《韻會》竝先『䀕』後『灺』，今據乙。」姚校：「宋本『灺』、『䀕』二字互倒。」

［四］馬校：「案：《説文》『洹』字注曰：『水出晉魯之間。』『晉魯』當是『齊魯』之譌。可據《集韻》改正《説文》，則《集韻》『在』字疑『出』字。」按：此洹水爲河南北境之安陽河，不在晉魯，故姚文田、嚴可均校改爲『晉衛』。

［五］《玉篇·糸部》：「緄，胡官切，緄綬也。」段注《説文》據此改「緩」爲「綬」，疑是。

［六］明州本、毛鈔、錢鈔「琓」字作「垸」。陸校、龐校、錢校同。陳校：「从土。」方校：「案：『垸』譌『琓』，據宋本正。」馬校：「『垸』，局誤『琓』。《廣韻》作『垸』。」姚校：「宋本作『垸』，是。余校、韓校皆同。」

［七］方校：「案：《類篇》『鬆』作『髹』，『髹』即『鬆』之重文。」

［八］方校：「汪氏云：『《釋艸》雚，芄蘭。是芄蘭一名雚，竝非一字，此誤。』」

［九］明州本、毛鈔、錢鈔注「蓆」字作「席」。韓校、龐校、錢校同。方校：「案：宋本及《説文》、《類篇》『蓆』竝作『席』，今據正。」姚校：「宋本『蓆』作『席』。」

［一〇］方校：「案：『雈』譌从重艸，據《説文》正。」

［一一］注「兔」，陸校作「兔」。馬校：「『兔』，局誤『兔』，少一點。」姚校：「余校『兔』作『兔』，是。段云：『宜作兔。』」按：作「兔」與《爾雅·釋鳥》郭注合。

［一二］方校：「案：『莧』譌『莧』，據《説文》正。『羱』當从《類篇》作『羱』。」按：明州本、毛鈔、錢鈔「莧」、「羱」作「莧」、「羱」。姚校：「段云：『宜作莧、羱。』」馬校：「『莧』當爲『莧』，从丫，不从艹，有點。宋亦誤也。凡『莧』均同。」

［一三］方校：「案：『爪』譌『瓜』，『撅』譌『橛』，據《説文》正。」按：明州本、潭州本、金州本、毛鈔、錢鈔注「瓜」字正作「爪」。陸校、龐校、錢校同。姚校：「宋本『瓜』作『爪』，是也。」馬校：「『爪』，局誤『瓜』。『橛』當爲『撅』，宋本亦誤。」

［一四］陳校：「『訄』《玉篇》同『𧧑』，側侁切，谷名。䙾訄之『訄』，从九，音求。」按：陳校是。䙾訄亭見《顔氏家訓·勉學篇》。參見前《元韻》模元切「䙾」字校語。此「訄」誤「訄」，又入此韻，當刪。

［一五］方校：「案：《篇》、《韻》皆云『鹿一歲』，《類篇》與此同。」

［一六］明州本、毛鈔、錢鈔注「䴹」字作「䴸」。龐校、錢校同。姚校：「宋本注『䴹』作『䴸』。」按：《方言》第十二：「䴹，麧也。」郭注：「小麥爲䴹，即䴹也。」《齊民要術·作菹藏生菜法》：「擣麥䴹作末，絹篩，布菜一行，以䴹末坌之。」均有此字，宋本誤。

［一七］明州本、錢鈔「皖」字作「晥」。龐校、錢校同。姚校：「宋本作『晥』。」按：作「皖」字是。潭州本、金州本、毛鈔俱作「皖」，不誤。

［一八］方校：「案：『[illegible]』下从[illegible]，此从[illegible]，《類篇》作『[illegible]』，竝誤。」按：明州本「[illegible]」字作「[illegible]」，錢鈔作「[illegible]」。龐校、錢校作「[illegible]」。姚校：「宋本作『[illegible]』，筆法小異。」

［一九］明州本、毛鈔、錢鈔注「一」字作「二」。段校、韓校、陸校、龐校、錢校同。方校：「案：『一』當依宋作『二』。」馬校：「『文二十七』，局誤『文一十七』。」姚校：「宋本注『一』作『二』，是。」

［二〇］方校：「案：二徐本同。《爾雅·釋鳥》作『鶝鶔』，《類篇》作『鶝柔』，竝與許書異。」

［二一］方校：「案：『鴅』偏旁从丹，不从月。『丹』古文『𠁿』字，隸作『鴅』，鄭季宣殘碑：『虞放鴅□。』『驩』作『鴅』，與《類篇》合。」按：明州本、錢鈔「䳰」字作「鴅」。龐校、錢校同。姚校：「宋本作『鴅』。」

［二二］陳校：「《廣韻》从『丹』，《類篇》从『月』。」方校：「案：《尚書大傳》及《玉篇》竝作『鴅』。此作『䳰』，《類篇》作『䳰』，

入《肉部》，竝誤。」按：明州本、錢鈔『腸』字作「腸」。龐校、錢校同。姚校：「宋本作『腸』。」馬校：「案：此字本从舟，隸變作『月』，不作『月』也。《廣韻》作『腸』，又『鵃』之譌字。《古文尚書撰異》曰：『《汗簡・鳥部》曰：鵃，驩字也，見《尚書》。《口部》：吅，兜字也，見《尚書》。此則見於宋次道王仲至家之本，陸氏所謂穿鑿之徒欲立異依傍字部改古文經文者也。』」

［二三］方校：「案：《類篇》『雚』作『雚』，與『雈』字竝入《大部》。」

［二四］方校：「案：《説文》『寬』从萈，不从莧。凡从『寬』者放此。」按：明州本、毛鈔、錢鈔「寬」字作「寛」。龐校：「从『寛』者竝同。」

［二五］余校：「『上』下增『也』字。」按：增「也」字與《説文・骨部》合。

［二六］明州本、毛鈔、錢鈔注「古」字作「沽」。韓校、馬校、龐校、錢校同。方校：「案：宋本『古』作『沽』，《類篇》與此同。《類篇》『官』作『官』，入《自部》，與《説文》合，古文『官』作『𠂤』。」姚校：「宋本『古』作『沽』。」按：「古」、「沽」聲紐同，均在見紐。

［二七］明州本、潭州本、金州本、毛鈔、錢鈔注「冖」字作「冂」。龐校、錢校同。

［二八］方校：「案：『从』譌『以』，據《説文》正。」

［二九］方校：「案：《類篇》作『䉼』、『㲜』。據《説文》古『觀』字當作『䚱』。」

［三〇］明州本、錢鈔注「尸」字作「户」。錢校同。毛鈔原作「户」，白塗改「尸」。按：潭州本、金州本作「尸」，作「尸」與《説文》合。

［三一］明州本、潭州本、金州本、毛鈔、錢鈔注「瑄」字作「埴」。馬校、龐校、錢校同。陳校：「『瑄』疑从土。」方校：「案：古體从前文當作『宷』，从《類篇》當作『寀』，此作『宷』，非。俗『棺』字，當从宋本作『埴』。」姚校：「宋本『瑄』作『埴』，是。」韓校同。」

［三二］段校、陳校从「卝」。

［三三］段校「母」作「毌」。方校：「案：『毌』譌『母』，據《説文》正。」馬校：「當爲『毌』字，宋亦誤。」

［三四］潭州本、金州本「貫」字誤「貫」。明州本、毛鈔、錢鈔不誤。

［三五］明州本、潭州本、金州本、毛鈔、錢鈔注「橋」字作「嶠」。馬校、錢校同。方校：「案：『嶠』譌从木，據宋本及《釋文・敘録》正。」姚校：「宋本『橋』作『嶠』。」韓校同。」

［三六］明州本、錢鈔注「烏」字作「鳥」，龐校同。毛鈔原作「鳥」，白塗改「烏」。按：此影紐字，當作「烏」。潭州本、金州本作「烏」，不誤。

［三七］方校：「案：注義本《方言》十三。《類篇》作『勸』，非是。」按：《玉篇・人部》：「僴，於阮切，勸也。」此《類篇》所本。

［三八］方校：「案：今本《廣雅・釋訓》奪『動』字，王氏據此及《類篇》補。」

［三九］潭州本、金州本、毛鈔「䴢」字誤作「䴢」，明州本、錢鈔作「䴢」，不誤。

［四〇］明州本、毛鈔注「淅」字作「淅」。陸校、馬校、龐校、錢校同。方校：「案：『淅』譌从折，據宋本及《説文》正。」姚校：「宋本『淅』作『淅』，是。」韓校同。」

［四一］方校：「案：『瓬』譌『故』，據《廣雅・釋室》及《一切經音義》十三引《埤蒼》正。」陳校：「从瓦。」馬校：「『故』當爲『瓬』，宋亦誤。」姚校：「段云：『故疑作瓬。』」

［四二］方校：「案：《一切經音義》七引作『黺』，《類篇》同。今本《廣雅》未見，王氏於《釋詁一》『同、儕、等』下補『黺』字。『輩』字作『輩』。」

［四三］陳校：「『䒘』，正譌，又借爲華運字，俗作『般』。」方校：「案：『䒘』譌『華』，據《説文》正。」

［四四］方校：「汪氏云：『蒲官切，《釋文》作蒲安反。蓋陸氏作《釋文》時，陸法言未作《切韻》，無《寒》、《桓》之别。此類非異音也。《釋文》補中，概不采入。』」

［四五］方校：「案：《類篇》『胖』入《半部》。汪氏云：『《釋文》步丹反。』」

［四六］明州本、毛鈔、錢鈔注「在」字作「往」。衛校、馬校、龐校、錢校同。潭州本、金州本作「徃」。方校：「案：『往』譌

『在』，據宋本及《廣雅・釋訓》正。」姚校：「宋本『在』作『往』。韓校同。」

［四七］方校：「案：《類篇》『馬』下誤衍『鬣』字。」按：明州本、錢鈔注「鬣」字作「髦」。龐校、錢校同。姚校：「宋本『鬣』作『髦』，是。」毛鈔白塗改「鬣」，與潭州本、金州本同。

［四八］明州本、潭州本、金州本、毛鈔、錢鈔注「絣」字作「絣」。韓校、龐校、錢校同。方校：「案：『絣』譌『絣』，據宋本及本文正。」姚校：「宋本『絣』作『絣』，是。」

［四九］陳校：「从弋。」方校：「案：『雔』譌『堆』，據《說文》正。」陸校同。馬校：「『堆』當爲『雔』，宋亦誤。」姚校：「余校『堆』作『雔』。韓校作『雄』，誤多一畫。段云：『堆宜作雔。』」

［五〇］《山海經》見《北山經》。「鳥」下有「焉」字，「狀」上有「其」字，「夜」字作「宵」，「飛」下有「而」字。郭注「屬」上有「之」字，此蓋節引。方校：「案：『鶡』譌『鵙』，據卷三《北山經》正。又原文『夜』作『宵』，郭注『屬』上有『之』字。」按：明州本、毛鈔、錢鈔注「鵙」字正作「鶡」。陳校、陸校、龐校、錢校同。馬校：「局作『鵙』，誤，其正字當作『鶡』。」姚校：「宋本『鵙』作『鶡』，是。」段云：「『鵙』宜作『鶡』。」

［五一］明州本、錢鈔注「臱」字作「臯」。按：當作「臯」。

［五二］陳校：「注『冤』作『冕』。」馬校：「局作『冤』，今《說文》作『冕』，譌。」姚校：「余校『冤』作『冕』。韓校同。」按：段注《說文》改「冤也」爲「繙冤」，云：「《集韻》、《類篇》皆曰：繙絻，亂也。」

［五三］方校：「案：《韻會》『洄』作『回』。今考《後漢書・王景傳》注『洄，水流皃』，則作『洄』亦通。」

［五四］方校：「案：『彥』，當从《類篇》作『彥』。」

［五五］明州本、潭州本、金州本、毛鈔、錢鈔注「北」字作「廿」。衛校、陸校、馬校、龐校、錢校同。方校：「案：『廿』譌『北』，據宋本及《說文》正。」姚校：「宋本作『從廿』，是。余校、韓校皆同。」

［五六］方校：「案：『芇』譌『芇』，據《說文》正。」

［五七］方校：「案：注下二字斷爛，據宋本及《說文》補。」按：顧氏重修本已補。

［五八］明州本、潭州本、金州本、毛鈔、錢鈔注「預」字作「頇」。段校、陸校、馬校、龐校、錢校同。陳校：「从干。」方校：「案：『頇』譌『預』，據宋本及《玉篇》正。」姚校：「宋本『預』作『頇』，是。余校、韓校皆同。」

［五九］曹本無「皃」字。明州本、潭州本、金州本、毛鈔、錢鈔注均有。方校：「案：『美』下奪『皃』字，據宋本及《類篇》補。」按：顧氏重修本已補。

［六〇］馬校：「李璊，見《三國志》。」

［六一］明州本、毛鈔、錢鈔注「遲」字作「遅」。龐校、錢校同。按：潭州本、金州本作「遅」。

［六二］衛校：「『汝』作『爾』。」按：《說文》「浼」篆引《孟子》作「汝」。

［六三］陳校：「『㼛』从九。」諸本皆譌。

［六四］方校：「汪氏云：『《釋文》鄤，莫干反。』」

［六五］方校：「案：二徐本『名』皆作『也』。」按：大徐本作「名」。

［六六］方校：「案：『汙』譌『汗』，據《說文》、《類篇》正。」馬校同。

［六七］明州本、錢鈔注「視」字作「相」。龐校、錢校同。姚校：「宋本『視』作『相』。」毛鈔原作「相」，白塗改「視」。

［六八］方校：「案：『慶』譌『慶』，據《類篇》正。」

［六九］方校：「案：鑽譌从贊。據《說文》正。」

［七〇］方校：「案：『祖』當从《類篇》作『祖』。」按：明州本、潭州本、金州本、毛鈔、錢鈔注『祖』字正作「祖」。錢校同。

［七一］顧校：「注『髡』字作『髡』。」

［七二］明州本、錢鈔「攢」字作「欑」，注作「欑」。龐校、錢校同。姚校：「宋本『攢』作『欑』。」

［七三］明州本、錢鈔注「祖」字作「粗」。陸校、馬校、錢校同。方校：「案：『粗』譌从示，據宋本及《禮・內則》正。」姚校：「余校『祖』作『粗』，是。韓校同。呂云：『祖宜作粗。』」毛鈔白塗作「祖」。

［七四］方校：「案：『暈』譌从日，據小徐本及《類篇》正。汲古本作『簞』，非是。」馬校：「『暈』當爲『暈』，宋亦誤。」姚校：

「余校、韓校『鞏』作『簞』。」

[七五] 明州本、潭州本、金州本、毛鈔、錢鈔注「九」字作「丸」。陸校、馬校、龐校、錢校同。

[七六] 明州本、錢鈔注「水」下無「也」字。龐校：「無『也』字」。

[七七] 方校：「案：『也』作『皃』。」

[七八] 陳校：「『穳』从兟，不从殑。下同。」

[七九] 方校：「案：『簒』中譌从日，據《類篇》正。」按：明州本、錢鈔注「簒」字作「簒」。龐校、錢校同。姚校：「宋本作『簒』，是。」

[八〇] 汪校：「『挫』作『梐』。」方校：「案：『梐』譌从手，據《類篇》正。」

[八一] 方校：「案：『欑』譌从禾，據《類篇》正。」按：明州本、毛鈔、錢鈔注「穳」字作「欑」。韓校、龐校、錢校同。姚校：「宋本『穳』作『欑』。」

[八二] 方校：「案：『偕』譌『皆』，據《類篇》正。」按：明州本、潭州本、金州本、毛鈔、錢鈔注「皆」字作「偕」。陸校、馬校、錢校同。姚校：「宋本『皆』作『偕』。」

[八三] 方校：「案：《禮・曾子問》疏：『丈八尺爲端。』《左・昭廿六年傳》注：『二丈爲端。』《小爾雅》亦曰：『倍丈謂之端。』此與《類篇》皆云六丈，未詳所出。」

[八四] 毛鈔「祧」字白塗改「桃」。方校：「案：『桃』譌从示，據宋本及《廣雅・釋艸》正。」馬校：「『桃』，局誤『祧』。」按：明州本、錢鈔「祧」字作「狣」。龐校、錢校同。姚校：「宋本『祧』作『狣』，亦誤。呂云：『祧支宜作桃支。』」潭州本、金州本作「祧」，亦誤。

[八五] 方校：「案：《梁四公子傳》『敹』作『敹』，《轉注古音》『敹』音頤。《類篇》亦誤从戈，然《類篇・麥部》有『敹』無『敹』，則字當从弋無疑矣。」陸校作「敹」。姚校：「影宋本『敹』作『敹』，从弋是。」按：蒙所見毛鈔亦作「敹」，與姚氏所見不同。馬校：「『敹』當从弋，不从戈，宋亦誤。」

[八六] 明州本、金州本、毛鈔、錢鈔「箕」字作「篢」。龐校、錢校同。方校：「案：『篢』譌『箕』，據宋本及《類篇》正。」姚校：「宋本作『篢』，是。」

[八七] 方校：「案：見《説文・畓部》，《類篇》同。此作『鬸』，誤。」按：明州本、毛鈔、錢鈔「鬸」字作「鬸」。陳校、陸校、馬校、龐校、錢校同。姚校：「宋本作『鬸』，是。段云：『宜作鬸。』」

[八八] 明州本、毛鈔、錢鈔注「塼」字作「摶」。陸校、馬校、龐校、錢校同。方校：「案：『摶』譌从土，據宋本及《類篇》正。」姚校：「宋本『塼』作『摶』，是。」

[八九] 明州本、潭州本、金州本、毛鈔、錢鈔注「竝」字作「並」。馬校：「『並』，局作『竝』，隸省作『並』。」

[九〇] 明州本、毛鈔、錢鈔注「蹾」字作「皾」。陳校、龐校、錢校同。方校：「案：『皾』譌『蹾』，據宋本及《説文》正。」姚校：「宋本『蹾』作『皾』。韓校同。」

[九一] 陳校：「『尾』，《山海經》作『毛』。」按：《文選・郭景純〈江賦〉》李注、《御覽》卷三十五引《山海經》仍作「尾」。

[九二] 方校：「案：《水經・濡水》下酈注：濡難聲相近，即今灤河。段氏謂字本作『渜』，譌而爲『濡』。」馬校：「《類篇》同。按：顏師古注《漢志》音乃官反，其字當作『渜』。丁所據以『渜』爲正字，不譌。而以『濡』爲或字，仍今本《漢志》作『濡』之譌。『渜』訓熱水，是即今之灤河，宋以前無灤河之稱，説見段氏《經韻樓集》卷五。」楊守敬《水經注疏・濡水》曰：「余意丁度以『濡』字奴官之音不見古書，而遼西之濡水適有此音，又見从水之字適有此奴官之『渜』字，形復相近，故以意定之。」

[九三] 陳校：「『濡』，《廣韻》入《寒韻》。」

[九四] 明州本、潭州本、金州本、毛鈔、錢鈔注「九」字作「丸」。陸校、錢校同。

[九五] 方校：「案：『神』上『赤』字，《藝文類聚》、《埤雅》、《韻會》竝同，段氏校本从之。二徐本均作『亦』。『彩』當从《類篇》作『采』。」按：明州本、毛鈔、錢鈔注「彩」字作「采」。龐校、錢校同。姚校：「余校『赤』作『亦』，『彩』作『采』，是。呂云：『赤宜作亦字。』」

[九六] 明州本、毛鈔注「鏕」字作「鏕」。段校、韓校、陸校、馬校、龐校、錢校同。方校：「案：『鏕』譌从鹿，據宋本及《説文》正。」姚校：「宋本『鏕』作『鏕』。呂云：『鏕宜作鏕。』」

[九七] 明州本、潭州本、金州本、毛鈔、錢鈔注「皀」字作「皀」。龐校、錢校同。姚校：「宋本『皀』作『皀』。」

[九八] 方校：「案：『欄』《韻會》引作『欄』。檢《説文・木部》『欄』、『欄』竝無，段氏改『楝』爲『欄』，據《考工記・㡌氏》文也。」

[九九] 方校：「案：『諸侯』下奪『柏』字，宋本同。據二徐本補。」馬校：「『諸侯』下脱『柏』字，宋亦誤。當據《説文》補。《類篇》有『柏』不誤。」姚校：「影宋本『諸侯』下有『柏』字，是。」按：蒙所見毛鈔無。

[一〇〇] 明州本、毛鈔、錢鈔注「曰」字作「日」。衛校、陳校、陸校、龐校、錢校同。方校：「案：『日』譌『曰』，據《説文》正。『旦』，二徐本及《類篇》同。段校改『且』。」馬校：「『日』，局誤『曰』，『旦』乃『且』之誤。『昬』局作『昏』，與《説文》合，《刪韻》謨還切作『日且昬』。」姚校：「宋本『曰』作『日』，是。影宋本同。段云：『旦宜作且。』」

[一〇一] 明州本、毛鈔、錢鈔「㡛」字作「傘」。錢校同。姚校：「『㡛』，宋本作『傘』，注同。」

[一〇二] 方校：「案：『妄』譌『道』，據《説文》、《類篇》正。」

[一〇三] 方校：「案：『㲋』當从《類篇》作『㲋』。㲋足與鹿足同。」

二十七刪

[一] 明州本、潭州本、金州本、毛鈔、錢鈔注「曰」上有「一」字。段校、陳校、陸校、馬校、龐校、錢校同。方校：「案：『曰』上奪『一』字，據宋本補。」

[二] 方校：「案：『潸』當从《説文》作『潸』。」

[三] 方校：「案：《廣雅・釋器上》『箹』作『箹』。王氏校本作『箹謂之笐』，謂舊本誤奪『笐』字，『箹』屬下文『匥、匴，笥也』爲一類。」按：明州本、錢鈔注「箹」字作「箹」。龐校、錢校同。姚校：「宋本『箹』作『箹』，从扌。」

[四] 毛鈔「咲」字作「笑」。方校：「案：《類篇》、《班馬字類》引同，宋本及毛刻《漢書・諸侯王表》『咲』止作『笑』。」馬校：「『笑』，局作『咲』。」姚校：「韓校『咲』作『笑』。」

[五] 方校：「案：『絆』當依二徐本作『絆』。」

[六] 姚校：「段云：『从宜作以。』」衛校、陸校、馬校同。方校：「案：《玉篇》『絹』作『緝』，與二徐本異。『从糸』之『从』，大徐及宋本同，小徐本作『從』，段氏據《玉篇》、《類篇》改『目』。」

[七] 方校：「案：《太玄・元攡》注：『攔，闕也。若手相闕付，故字有手也。』《類篇》不誤。此正文及注竝从木，非。」按：明州本、錢鈔「欄」字正作「攔」。陸校、龐校、錢校同。馬校：「『欄』，范望注云从扌。宋本亦从木，誤。」姚校：「宋本作『攔』，是。段云：字宜从手，《太玄》范注『攔』左作『扌』可見。」

[八] 段校「王」改「主」。陸校同。馬校：「『王』當爲『主』，宋亦誤。」按：《廣韻・刪韻》、《類篇・雨部》「霅」字注均作「王」，作「吴王」亦通。

[九] 明州本、毛鈔「韋」字作「韋」。龐校同。姚校：「宋本作『韋』。余校同。還紐下竝然。」

[一〇] 姚校：「呂云：『此紐文三十，字誤。』覲元案：曹本文二十九，宋本『𢘋』上多一『患』字，合之，文正三十，此『三』字不誤。」

[一一] 方校：「案：二徐本同，段氏據宋本刪『虞』字。」按：此引《虞書》見《書・呂刑》。釋文：「鍰，徐户關反。六兩也。鄭及《爾雅》同。《説文》云：『六鋝也。』鋝，十一銖二十五分銖之十三也。馬同。又云：『賈逵説俗儒以鋝重六兩。《周官》劍重九鋝。俗儒近是。』」丁校改《虞書》作《周書》云：「此承《説文》誤。」

[一二] 明州本、潭州本、金州本、毛鈔、錢鈔「轘」字作「轘」。錢校同。

[一三] 方校：「案：『剽』譌『剽』，『撲』譌『樸』，據《漢書・地理志》正。撲剽，孟康音蒲環。」

[一四]　方校：「案：各本《説文》『北』皆作『牝』。段氏从《廣韻》改『牡』。」馬校：「『北』當爲『牡』，宋本亦誤。」

[一五]　明州本、潭州本、金州本、毛鈔、錢鈔「睔」字作「睔」。韓校、陸校、龐校、錢校同。方校：「案：『睔』譌从俞，據宋本及《類篇》正。」馬校：「『睔』，局誤『睮』，注同。」姚校：「宋本及注『睮』作『睔』。」

[一六]　陳校：「胡關切《類篇》有『患』字，弊也。當增入。」按：明州本、錢鈔、毛鈔「𡲬」下「䜌」上有「患，弊也」。韓校、陸校、龐校、錢校同。方校：「『患』，案：『𡲬』下『䜌』上奪，據宋本及《類篇》補。以足還紐文三十之數。」姚校：「宋本『䜌』上有此文，此寫脱。」

[一七]　明州本、潭州本、金州本、毛鈔、錢鈔注「句」字作「旬」。陳校：「『句』，《山海經》作『旬』。」方校：「案：卷一《南山經》『句』作『洵』，一作『旬』。此本《玉篇》，然宋本及《類篇》皆作『旬』，當據正。」姚校：「『句』，宋本作『旬』。」

[一八]　方校：「案：『吴』譌『戻』，據《説文》及《山海經》五《中山經》正。」按：明州本、金州本、毛鈔、錢鈔注「戻」字正作「吴」。衛校、陳校、陸校、馬校、龐校、錢校同。丁校據《説文》「戻」改「吴」。姚校：「宋本『戻』作『吴』。」余校、韓校皆同。」

[一九]　明州本、潭州本、金州本、毛鈔、錢鈔注「妙」字作「姓」。汪校、陳校、陸校、馬校、龐校、錢校同。方校：「案：『姓』譌『妙』，據宋本及《史記·淮南厲王傳》索隱正。」姚校：「宋本『妙』作『姓』，是。影宋本、韓校皆同。段云：『妙，宋本作姓，是。』吕云：『《史記·淮南厲王傳》中有中尉蕑忌，是此姓。』」

[二〇]　方校：「案：『髯』譌『髾』，據《類篇》正。」按：明州本、潭州本、金州本、毛鈔、錢鈔「髾」字正作「髯」。姚校：「宋本作『髯』，是。此少一畫。」

[二一]　按：《説文·手部》：「撋，相援也。」《類篇·手部》「撋」字注同。前《元韻》丘言切、居言切「撋」字注並作「相援也」。疑此注「援」上脱「相」字，當補。下《山韻》居閑切「撋」字注亦脱「相」字。

[二二]　明州本、潭州本、金州本、毛鈔、錢鈔注「穜」字作「橦」。段校、陸校、龐校、錢校同。方校：「案：『橦』譌从禾，據宋本及《廣韻》正。」馬校：「局誤『穜』，《廣韻》作『橦』。」姚校：「宋本『穜』作『橦』，是。余校、韓校皆同。」

[二三]　陸校「痺」作「痹」。

[二四]　按：注「㿃」字當據正文作「癉」。

[二五]　馬校：「『鬭』，局作『鬬』，誤。」某氏校：「案：『鬬』譌从門，以《説文》校改。」按：明州本、錢鈔注「鬬」字作「鬭」。龐校、錢校同。余校：「从門。」姚校：「宋本『鬬』作『鬭』。」按：當作「鬭」。

[二六]　明州本、毛鈔、錢鈔注「開」字作「關」。衛校、陸校、馬校、龐校、錢校同。丁校據《類篇》改「關」。方校：「案：『關』譌『開』，據宋本及《類篇》正。」姚校：「宋本『開』作『關』，是。余校、韓校皆同。鈕云：『開宜作關。』」按：潭州本、金州本字中「丝」漫漶，似爲「䜌」。

[二七]　方校：「案：《韻會》『班』上有『魚』字。『須』音班，見《禮·玉藻》釋文。」

[二八]　方校：「案：『[illegible]』譌『[illegible]』，據《説文》及《類篇》正，又《類篇》『[illegible]』作『廾』。」按：明州本「[illegible]」字作「[illegible]」。陸校、龐校、錢校同。馬校：「《説文》作『[illegible]』，中無·，有·，宋本非也。」姚校：「宋本作『[illegible]』，影宋本作『[illegible]』，段云：『《説文》作[illegible]，中無一·。並誤，宜改。』覲元案：據鄭鈔，段所見本作『[illegible]』，所謂宋本者，周氏錫瓚所藏汲古閣影宋本也，故云然，今本不誤。」按：潭州本、金州本作「[illegible]」。

[二九]　方校：「案：大徐本『種』作『穜』。」

[三〇]　明州本、毛鈔「黨」字作「黨」。陸校、龐校、錢校同。姚校：「宋本作『黨』。」按：《玉篇》、《廣韻》、《類篇》均作「黨」，當是。

[三一]　明州本、錢鈔注「旦」字作「且」。陸校、龐校同。姚校：「鄭云：『《説文》旦作且，宜依改。』宋本亦與上韻注文同誤。」

[三二]　明州本、潭州本、金州本、毛鈔、錢鈔注「蔬」字並作「蔬」。

[三三]　方校：「汪云：『徐音見《坊記》釋文。』」

[三四]　明州本、錢鈔「遲」字作「遅」。龐校同。

［一］陸校「閒」字作「間」。

［二］方校：「案：《說文》『氣』作『气』，『散』作『散』。」

［三］明州本、錢鈔「地」字作「城」。龐校、錢校同。姚校：「宋本『地』作『城』。」按：潭州本、金州本、毛鈔作「地」，與《說文》合，不當作「城」。

［四］姚校：「段云：『摻宜从木。』」陸校同。方校：「案：『槮』譌从手，據《類篇》正。」馬校：「『槮』，局誤从手。」

［五］明州本、錢鈔注「充」字作「元」，「嗌」字作「嗌」。龐校、錢校同。姚校：「宋本『充』作『元』，『嗌』作『嗌』。」按：《玉篇》、《廣韻》、《類篇》俱作「充」，依讀音當是「充」字。潭州本、金州本、毛鈔均作「充」。下同。

［六］明州本、錢鈔注「戲」字作「戱」。龐校、錢校同。按：潭州本、金州本、毛鈔均作「戲」，姚氏不出校語，以其誤字也。

［七］馬校：「『秃』，局誤『秃』。」

［八］馬校：「『轘』，局作『轘』，多點非。」

［九］明州本、錢鈔注「睢」字作「睢」。錢校同。按：《玉篇・土部》：「壆，才山切。《埤蒼》曰：『壆門聚，在睢陽。』」字作「睢」。潭州本、金州本、毛鈔注作「睢」。

［一〇］明州本、錢鈔注「呻」字作「呷」。龐校、錢校同。姚校：「宋本『呻』作『呷』。余校『窄』作『迮』，『呻』下有『吟』字。」按：潭州本、金州本、毛鈔注作「呻」字，與《說文・孨部》「孱」篆注合，不當作「呷」。

［一一］明州本、錢鈔注「褊」字作「福」。龐校同。按：潭州本、金州本、毛鈔作「褊」，與《廣韻・山韻》「褊，褊斕，色不純也」同，是。作「福」誤。

［一二］明州本、錢鈔注「皃」字作「皂」。錢校同。按：潭州本、金州本、毛鈔作「皃」，是。明州本誤。

［一三］明州本、毛鈔、錢鈔注「困」字作「圝」。陸校、馬校、龐校、錢校同。方校：「案：『圝潾』『困泫』竝見郭璞《江賦》，此爲『潾』字注腳，不當作『困』，今據宋本及《類篇》改『圝』。」姚校：「宋本『困』作『圝』。」影宋本、韓校皆同。

［一四］《廣韻・山韻》「僊」字注：「《廣蒼》云：『走也，藏也。』」疑此「走」下脱「也」字。《類篇》亦脱。

［一五］方校：「案：『丈』譌『文』，據《類篇》正。」按：明州本、潭州本、金州本、毛鈔、錢鈔注「文」字正作「丈」。段校、韓校、陳校、陸校、馬校、龐校、錢校同。姚校：「宋本『文』作『丈』。」

［一六］陳校：「『犬』字改『火』。」按：《廣韻・魂韻》：「窀，火見穴中。」又《山韻》：「窀，穴中見火。」此陳校所本。

［一七］明州本、毛鈔注「二」字作「一」。龐校同。馬校：「注『文一』，宋本誤，局作『文二』。」

［一八］姚校：「『瀧灌』，余校並改从『九』旁。」

［一九］方校：「案：『膝』當作『膝』，下『灌』注同。《類篇》作『膝』，亦誤。」按：明州本、錢鈔注「膝」字作「膝」。下同。毛鈔作「膝」。龐校、錢校改「膝」。

［二〇］明州本、毛鈔、錢鈔注「距」字作「歫」。陸校、馬校、龐校、錢校同。姚校：「宋本『距』作『歫』。」

［二一］明州本、錢鈔注「或作憪」作「或从閑」。龐校、錢校同。姚校：「宋本作『或从閑』，當從之。《類篇》作『或从閑』。」

［二二］方校：「案：今本『眄』作『眂』，段氏據宋本《說文》、《類篇》及此正。」

［二三］明州本、潭州本、金州本、毛鈔、錢鈔注「騆」字作「騆」。龐校、錢校同。馬校：「『騆』，局誤『騆』，其大字从閒。」姚校：「宋本『騆』作『騆』，是。」

［二四］陳校：「『蝠』當作『蚼』。」方校：「案：『蚼』譌『蝠』，據《類篇》正。」

［二五］方校：「案：《廣雅・釋詁一》『確』作『礭』，音義同。」

［二六］方校：「案：『輴』譌『輴』，據《廣雅・釋詁一》正。《類篇》亦誤，然邱耕切『輴』下引《博雅》，邱閑、止忍二切『輴』下

不引《博雅》，則字當作『輴』可知。」

[二七] 明州本、毛鈔、錢鈔注「鉚」字作「鉫」。龐校、錢校同。方校：「案：大徐本『鉚』作『釗』，小徐本作『鉊』，下有『聲』字。段校改『弘聲』。宋本『鉚』作『鉫』，尤誤。」姚校：「宋本作『鉫』。」韓校同。余校作『釗』。」

[二八] 方校：「案：《説文》『𢆉』从干、二。『干』，古干字。『二』，古文上。此作『辛』，非。『罪』當作『辠』。」姚校：「余校、韓校『辛』作『辛』。」

[二九] 明州本、潭州本、金州本、毛鈔、錢鈔「趚」字作「趚」。馬校：「『趚』，局作『趚』。」

[三〇] 明州本、毛鈔注「㓷」字作「㓷」。龐校、錢校同。姚校：「宋本作『㓷』，是。」

[三一] 方校：「案：『閅』係古文關、閅字。古文二徐本作『閔』，段氏校本改『閉』，謂中从古文『月』，各本篆體及《汗簡》等書皆誤。」姚校：「『閅』古文作『閅』，余校竝改『卝』作『卝』。」

[三二] 明州本、毛鈔、錢鈔「鼘」字作「鼘」，注同。陸校、馬校、錢校同。姚校：「宋本作『鼘』。」韓校同。方校：「案：『鼘』譌『鼘』，據二徐本正。宋本作『鼘』，亦誤。」

[三三] 明州本、錢鈔注「土」字作「士」。龐校、錢校同。毛鈔原作「士」，白塗改「土」。潭州本、金州本作「土」，與《説文》合。

[三四] 按：注「援」上疑脱「相」字，參見前《删韻》丘顔切「攑」字校語。

[三五] 明州本、毛鈔、錢鈔「黖」、「𪐴」作「黖」、「𪐴」，注同。龐校、錢校同。潭州本、金州本正文作「黖」、「𪐴」，注作「黖」、「𪐴」。方校：「案：當从《類篇》作『黖』、『𪐴』。」姚校：「宋本作『黖』、『𪐴』。」

[三六] 明州本、毛鈔、錢鈔「殷」字作「殷」，注同。

[三七] 衛校、陳校、錢校「包」字作「色」。方校：「案：『色』譌『包』，據《類篇》正。」

[三八] 明州本、錢鈔注「然」字作「嘫」。龐校、錢校同。按：本韻尼鰥切「嘫」字注：「啴嘫，語聲。」作「嘫」字是。

[三九] 明州本、潭州本、金州本、毛鈔、錢鈔注「大」字作「犬」。韓校、陸校、馬校、龐校、錢校同。方校：「案：『犬』譌『大』，據宋本及《玉篇》正。」姚校：「宋本『大』作『犬』，是。」

[四〇] 明州本、錢鈔注「也」字作「大」，誤。潭州本、金州本、毛鈔作「也」，不誤。

[四一] 方校：「汪云：『沈音見《碩人》釋文。』」

[四二] 許克勤校：「《廣韻》『頑』入《二十七删》。」

[四三] 明州本、毛鈔、錢鈔注「棞」字作「掴」。龐校、錢校同。姚校：「宋本『棞』作『掴』，从扌。」馬校：「『掴』，宋本誤，局作『棞』，从木。」按：潭州本、金州本均作「棞」，从木。